연애
심리
테스트

사랑을 찾아 떠나는 즐거운 상상여행!

연애 심리 테스트

사이토 이사무 지음 | 박현석 옮김

또 책임는 사람들

심리 테스트는
편리한 커뮤니케이션 도구

당신은 자기 자신 또는 친구와 연인의 '본심'을 알고 계십니까? 많은 사람들이 의외로 자신의 '참된 속마음'을 알기 어려운 법입니다. 하물며 친구나 연인의 마음속을 들여다보기란 더욱 어렵습니다.

평소에는 부끄러워서 묻고 싶어도 묻지 못하는 것, 말하고 싶어도 말하지 못하는 것이 너무 많습니다. 그리고 연애나 결혼, 성격, 인생에 대해서 새삼스럽게 직접적으로 이야기하기란 매우 어려운 일이지요. 바로 이럴 때 자연스럽게 이야기를 할 수 있게 해 주는 것이 바로 심리 테스트입니다. 심리 테스트는 대화의 계기를 마련해 주는 커뮤니케이션 도구'인 것입니다.

"뭐? 그런 것까지 알 수 있어?"

이렇게 놀라면서 자기 자신뿐만 아니라 주위 사람들의 다면성과 의외성까지 엿볼 수 있습니다. 다른 이들의 독특함과 숨겨진 속내를 엿보면서도, 심각하고 따분하지 않고 유쾌하게 즐길 수 있는 시뮬레이션 테스트입니다.

　바쁜 현대 생활 속에서는 서로의 인간성이나 개성이 잘 보이지 않는 법입니다. 하지만 당신 주위에 있는 사람이 의외로 놀랄 만큼 재미있는 성격이나 사고방식을 지니고 있을지도 모릅니다.

　평소에는 보이지 않는 마음 깊은 곳을 꿰뚫어 보는 것이 심리 테스트인 만큼, 즐겁게 활용하면 인간관계가 더욱 넓어지고 훨씬 더 깊어질 것입니다.

　심리 테스트는 사람의 성격을 엄격하게 분석하거나, 자신 또는 상대방이 감추고 싶은 부분을 억지로 끄집어내는 무서운 것이 아닙니다. 긴장할 필요도 없습니다. 편안한 마음으로 "굉장하군!", "맞아!", "'역시 그렇구나!" 하고 혼자서 혹은 친구나 애인과 함께 가볍게 즐길 수 있기를 바랍니다.

-저자

Contents

Part 3 특이한 공간 설정을 통해 심리 읽기

Part 4 꿈속에서 마음과 놀기

Part 5 마음의 미궁에서 탈출하기

Part 1
또 다른 나를 찾아 일탈하기

흔들리는 마음

당신은 A신문을 구독하고 있는데, 어느 날 집에 B신문을 구독하라며 사람이 찾아왔습니다.

[Q1] 어떻게 하시겠습니까?

[Q2] 그 사람이 '1개월 무료입니다' 라고 말했습니다. 그 말을 들은 당신은?

[Q3] 그 사람이 돌아갑니다. 돌아가는 그 사람에게 한마디, 뭐라고 하겠습니까?

[Q4] 방으로 돌아와 자신이 구독하고 있는 신문을 봅니다. 지금의 심정을 말씀해 보십시오.

당신이 현재 구독하지 않은 신문의 판촉사원이 상징하는 것은 갑작스런 유혹입니다. 당신의 일상생활 속에 갑작스레 찾아든 해프닝에 달콤한 미끼까지 끼워져 있다면 당신은 과연 어떻게 대처할까요?

신문은 우리 생활에 없어서는 안 될 것에 대한 상징입니다. 없다고 해서 생활을 할 수 없는 것은 아니지만 구독을 하지 않으면 불편하기 짝이 없는 것. 우리에게 날마다 정보를 제공해 줄 뿐만 아니라 이사를 할 때, 깨지기 쉬운 물건을 포장할 때 등 여러 상황에서 없어서는 안 될 것이 신문입니다. 하지만 때로는 장애가 되기도 하고…….

신문에 대한 생각은 다양할 수 있으며, 그 심정이란 말 그대로 당신의 연인에 대한 심정을 상징하는 것입니다.

[A1] 당신이 구독하는 신문과 다른 신문을 권하러 사람이 찾아오면?

　　 → 누군가 바람을 피우자고 조르면?

여기서는 당신이 누군가로부터 바람을 피우자는 말을 들었을 때의 대처 방법을 묻고 있습니다.

이때 '우린 A신문을 구독하고 있어요' 라고 분명하게 거절하는 사람은 유혹에도 '나는 이미 애인이 있어요' 라고 분명하게 말하는 사람입니다. 거절도 그냥 적당히 하는 것이 아니라 '지금의 애인을 가장 사랑하기 때문에 그런 짓은 하지 않는다'고 이유까지 분명하게 설명할 것입니다.

대부분의 사람들은 지금의 연인을 정말로 좋아한다고 하겠지만, 가끔은 '그런 건 귀찮다', '나중에 곤란한 일이 생길지도 모른다'고 생각하는 사람도 틀림없이 있을 것입니다.

당신은 어떤 타입인지 잘 생각해 보십시오.

[A2] '1개월 무료'라는 말을 듣고? → 아무한테도 말하지 않겠다며 더욱
　　　적극적으로 다가온다면?

달콤한 유혹 위에 더욱더 자극적인 미끼가 더해졌을 때 당신은 어떤 반응을 보일 것인가?

만약 지금 구독하고 있는 신문에 그다지 집착하고 있지 않다면 1개월 무료라는 말은 상당히 달콤한 조건일 것입니다. 자신도 모르게 혹해서 '그럼 한 3개월 정도 구독해 볼까?'라고 대답할 사람도 꽤 많을 것입니다.

달콤한 미끼를 보면 바로 달려드는 당신의 성격에도 문제가 있지만, 그보다 더욱 심각한 것은 '지금 구독하고 있는 신문이 썩 마음에 들지 않는다'는 점입니다. 즉, 당신은 '지금 사귀는 사람을 그렇게 좋아하고 있는 건 아니야. 좋은 사람이 생기면 언제든지 떠날 수 있어'라고 말하고 있는 것입니다.

반대로 처음부터 '안 그래도 신문을 바꾸려던 참인데 1개월 무료라니, 행운이다!' 라고 대답한 사람은?

　이것은 '언제든지 바람피울 수 있다' 고 큰소리를 치는 것과 다를 바가 없는 것입니다.

[A3]　돌아가는 그 사람에게 한마디 → 바람피운 뒤의 기분, 혹은 거절한
　　　뒤의 기분.

　'일' 이 끝난 뒤의 당신의 마음 상태를 나타내는 것입니다. [1], [2] 상황에서 절대로 바꾸지 않겠다고 말했던 사람이라면 거절한 뒤의 당신의 기분을 나타내는 것입니다.

　바람을 피워 버린 사람의 답도 흥미로운 것이지만, 더욱 흥미를 느끼게 하는 것은 거절했던 사람들의 답입니다. [1], [2]에서 단호하게 거절하긴 했지만 돌아가는 사람에게 '잠깐만요! 생각해 봤는데, 한 3개월 정도만 구독해 볼래요' 라고 갑자기 마음을 바꾸는 사람도 있는 것입니다.

　만약 이렇게 답을 한 사람이 있다면 [1], [2]에서 지킨 정조가 한순간에 무너져 버리고 맙니다.

　'사랑은 움직이는 것' 이라고, 언제 어떻게 바뀔지 모르는 것이 사랑이라는 뜻이겠지요.

[A4] 자신이 구독하고 있는 신문을 보며 한마디 → 현재의 연인에 대한 기분.

이것은 지금의 연인에 대한 당신의 마음이며, 늘 읽고 있는 신문에 대한 애착과 집착이 그대로 당신의 애인에 대한 심리를 보여주는 것입니다.

'역시 이 신문이 제일 좋아' 하는 사람에게는 아무런 문제도 없습니다. 이 테스트의 결과를 친구에게 보여줘도 전혀 걱정할 것이 없습니다.

하지만 '벌써 질려 버린 것 같아', '이 신문이 특별히 좋은 게 아니라 그냥 오랫동안 눈에 익어서…….' 라는 식의 답변을 한 사람은 조금 주의를 하는 게 좋을 것입니다. 현재의 애인에 대해 약간의 권태감을 느끼고 있다는 증거일 테니까요.

날마다 집으로 배달되는 신문은 온갖 정보와 지식의 보고라고 할 수 있습니다.

여러분은 날마다 신문을 읽고 계십니까?

드라이브를 떠나자!

[Q1] 당신은 승용차를 샀습니다. 그것은 어떤 차입니까?

[Q2] 그 차의 외관은 어떻습니까?

[Q3] 차를 운전하던 도중에 오도 가도 못할 골목으로 접어들고 말았습니다. 그때의 심정을 말해 보십시오.

[Q4] 결국 차가 긁히고 말았습니다. 무슨 생각이 듭니까?

[Q5] 차에 어느 정도의 흠집이 났습니까?

[Q6] 수리를 맡겨 흠집이 말끔히 사라졌습니다. 어떤 생각이 듭니까?

승용차는 당신 자신을 나타냅니다. 심리학적으로 말하자면, '확대된 자아의 아이덴티티' 라고 할 수 있습니다.

게다가 일단 차에 오르면 당신은 그것을 스스로 운전하며 생사를 함께 해야만 합니다. 도중에 어떤 문제가 생기면 자신의 힘으로 그것을 해결해야 하며 의지할 것은 어디에도 없습니다. 승용차는 그야말로 당신의 도플갱어(Doppelganger : 같은 시공간에서 자신과 똑같은 대상을 보는 현상)라고 할 수 있는 것입니다.

[A1] 어떤 승용차? → 자기 자신에 대한 생각.

어떤 차를 생각하는가는 현재의 자신을 어떻게 생각하고 있는지를 묻는 것입니다.

당신은 의식 속에서 무의식적으로 자신과 똑같은 자동차를 선택하게 되어 있습니다. 설령 그 승용차가 제아무리 값싸고 낡은 중고라 할지라도 그렇게 답한 것은 당신 자신이며, 당신의 현실과 가치관을 나타내고 있는 것입니다.

[A2] 외관은 어떤가? → 자신의 몸, 외모에 관한 생각.

당신이 자신을 육체적으로 어떻게 생각하고 있는가를 나타내는 것입니다.

체력에 자신이 있는 남자라면 '힘이 좋다', '튼튼하다' 는 등의 답변을 할 수 있을지도 모르고, 여자라면 역시 자신의 몸매와 얼굴이 신경 쓰일 것입니다.

가령 얼굴의 피부만 놓고 보더라도 심리학적으로 보자면 '미인이 남에게 주는 인상이 더 좋다' 고 말할 수 있으니 아무래도 상관없다고 할 수 없을 것입니다.

하지만 만약 '나는 예쁘다고 생각하는데 주위 사람들의 평판은 좋지 않다' 라는 답을 했다면 어떨까요? 이때는 자기만 좋으면 그만인지, 아니면 역시 주위 사람들에게도 인정을 받고 싶은지를 잘 생각해서, 후자의 경우라면 좀 더 나름대로의 노력을 기울이는 편이 좋을 것입니다.

[A3] 좁은 골목으로 들어선 기분은? → 몸이나 마음이 괴로울 때의 생각.

당신이 몸을 움직일 수 없는 상황에 빠졌을 경우나, 일이나 친구 관계 때문에 곤란한 경우, 스트레스를 받았을 때의 당신의 반응을 나타냅니다.

이럴 경우 잘 풀어 나간다면 조금씩은 움직일 수 있겠지만 초조함에 사로잡힌 나머지 프러스트레이션(Frustration : 욕구불만) 상태가 되면 냉정한 판단을 할 수 없게 되어 엉뚱한 곳에 화풀이를 하게 될지도 모릅니다. 이럴 때일수록 그 사람의 성격이 잘 나타납니다.

[A4] 자동차에 흠집이 났을 때의 느낌 → 병에 걸렸을 때의 생각.

이미 차체를 긁혀 버린 상태란 일을 하다가 실수를 저질렀을 때나, 정말로 병에 걸렸을 때의 기분이나 몸이나 마음에 상처가 생겼을 때의 경우를 말하는 것입니다.

소중한 자동차를 긁히다니, 그야말로 내 몸이 깎여 나가는 것과 같은 느낌이 들 것이고, 이것은 병에 걸렸을 때의 '어떻게 하면 좋지' 하는 안절부절못하는 상태를 투영하는 것입니다.

[A5] 차의 흠집은 어느 정도? → 어느 정도의 병을 가지고 있나?

이것은 현재 당신이 일을 하다가 어느 정도의 실수를 저질렀는지, 혹은 어느 정도의 병세를 가지고 있는지를 나타냅니다.

승용차는 자기 몸의 분신이기에, 마음이 괴로운 당신은 자신도 모르게 승용차에 흠집을 내는 일이 발생할 수도 있습니다.

어쩌면 당신은 한시라도 빨리 어딘가를 고치고 싶다는 강한 희망 때문에, 스스로 차에 흠집을 냄으로써 당신의 승용차를 '희생양'으로 삼으려고 하는지도 모릅니다. 부디 폐차만은 하지 않도록 주의하기 바랍니다.

[A6] 깨끗하게 고쳐졌을 때의 생각? → 병이 나았을 때의 생각.

이것은 당신의 병이 다 나았을 때의 기분을 나타내고 있습니다.

이때 단순히 '다행이다' 라며 기뻐하는 사람과, 깨끗하게 나왔음에도 '왠지 아직도 흔적이 남아 있는 것 같다' 며 신경을 쓰는 사람이 있을 것입니다.

　언제까지나 그런 것에 신경을 쓰는 사람은 완벽주의자를 의미하며, 일상생활에서 늘 실수를 범하지 않으려고 주의를 기울이고 있는 사람일 것입니다.

　어쩌면 이런 사람은 몸도 아령이나 역기로 남몰래 단련하고 있을지도 모릅니다. 평소 여러 가지 일들에 신경을 쓰고 있기 때문에 조그만 실수도 계속해서 마음속에 담아 둔다고 볼 수 있습니다.

　겨우 차 정도를 가지고 뭘… 하고 가벼운 마음으로 선택해서는 안 됩니다. 알 수 있는 사람은 자동차를 보는 시각만으로도 당신의 속마음을 파악할 수 있기 때문입니다.

즐거운 캠핑

당신은 강가에서 캠핑 중입니다.

다음과 같은 일을 하고 있는 것은 당신이 아는 사람들 중에서

누구일까요? 이름을 써 보십시오(이성이 아니어도 상관없습니다).

[Q1] 강에서 물고기를 잡고 있는 사람은 누구입니까?

[Q2] 불을 지피고 있는 사람은 누구입니까?

[Q3] 텐트를 치고 있는 사람은 누구입니까?

[Q4] 장작을 모으고 있는 사람은 누구입니까?

[Q5] 산나물을 뜯어 온 사람은 누구입니까?

캠핑처럼 야외에서 무엇인가를 하다 보면 뜻밖에도 사람들의 성격을 파악할 수 있게 됩니다.

하나에서부터 열까지 모두 자기들 스스로가 알아서 해야 한다는 번거로움이(물론 그것을 즐기는 것일 테지만) 당신의 마음을 초조하게 만들어 평소 쓰고 있던 가면을 벗게 만듭니다. 그렇게 되면 캠핑 때의 역할도 자연스럽게 결정되는 것입니다.

이때 각자 해야 할 일에 대한 반응의 태도가 저마다 다릅니다. 여유로운 성격을 가진 사람이라면 비교적 아무래도 상관없는(해도 그만이고 안 해도 그만인) 그런 태도를 보일 것입니다. 그리고 성질이 급한 사람은 아주 중요한 일로, 무슨 일이 있어도 꼭 해야만 하는 일로 받아들일 것입니다.

이 테스트에서는 당신이 친구들에게 그런 역할을 분담하는 것이니, 친구에 대한 당신의 견해를 알 수 있을 것입니다.

[A1] 물고기를 잡는 친구 – 나서기를 좋아한다고 생각하는 사람.

강에 들어가 물고기를 잡는 일은 어쨌든 즐거운 일입니다. 요즘 아무런 먹을거리도 준비하지 않은 채 캠핑을 가는 일은 없기 때문에, 설사 그 물고기를 잡아 매운탕을 끓여 먹으려 했다 할지라도 그것은 일종의 레크리에이션인 셈입니다.

즉, '아무래도 좋은 일' 입니다.

〔A2〕 불을 지피는 친구 ─ 야한 것을 좋아한다고 생각하는 사람.

불꽃이 상징하는 것은 섹스입니다. 당신은 활활 타오르는 불꽃에 가장 어울리는 사람을 고른 것입니다.

불을 피우는 곳도 마찬가지. 불을 피울 곳이 없으면 아무런 요리도 할 수가 없습니다. 즉, 아무것도 먹을 수 없다는 것.

먹는다는 행위도 역시 인간의 원초적 행위를 상징하기 때문에 섹스와 같은 코드입니다.

〔A3〕 텐트를 치는 사람 ─ 리더라고 인정하고 있는 사람.

텐트가 상징하고 있는 것은 '집' 입니다.

집은 모두가 살고 있는 곳이며, 내가 종국적으로 돌아가야 할 장소입니다. 그런 집을 만들고 있다는 것은 그 일행의 가장이라고 할 수도 있는 사람입니다. 즉, 리더가 되는 사람입니다.

당신은 무의식중에 자신을 지켜 줄 리더를 선택한 것입니다.

〔A4〕 장작을 모으는 사람 ─ 자신의 말은 무엇이든 들어줄 것 같다고 생각하는 사람.

장작이 나타내는 것은 '조연' 입니다.

캠핑에서 장작 역시 꼭 필요한 것입니다. 하지만 요리를 만들 때 꼭 필요한 것은 불(주연)이지 장작은 아닙니다. 따라서 장작을 모으는 작업은 주연을 위한 사전 준비나 뒷바라지에 불과합니다. 당신이 누군가에게 눈에 띄지 않는 작업을 맡긴 것은 그를 아랫사람처럼 생각하고 있는 것이며, 무슨 말이든 들어줄 것 같다고 생각하는 사람입니다.

[A5] 산나물을 뜯어 온 사람 - 비호감.

산나물은 '비호감'을 상징합니다.

장작과 마찬가지로 산나물 역시 어디까지나 조연이지 결코 주연이 될 수는 없습니다.

게다가 맛이 떨떠름하고 요리하는 데도 손이 많이 가는 산나물은, 모든 사람들이 좋아하는 것이라는 이미지를 주기는 힘듭니다.

고생스럽게도 그런 산나물을 뜯어 온 사람은, 성격이 어두울 것 같은 사람이며, 이왕 할 바에는 모두가 좋아할 만한 일을 하면 좋을 텐데 왜 그런 일을 하는 것인지 이해할 수 없다고 생각하는 사람입니다.

마음의 공을 던지다

[Q] 당신은 피구를 하고 있습니다. 상대편에게 어떤 식으로 공을 던지겠

습니까? 가능한 한 자세하게 설명해 보십시오.

[A] 당신이 좋아하는 사람에게 접근하는 방법.

여기서 공은 '사랑으로 설레는 당신의 마음'을 나타냅니다.

당신은 상대편과 어떤 식으로 싸우겠습니까?

면밀한 작전을 세워서 상대편을 하나하나 쓰러뜨리겠습니까, 아니면 그저 있는 힘껏 공을 던지겠습니까?

공으로 하는 스포츠는 여러 가지 기술이나 작전을 세울 수가 있기 때문에 당신의 성격을 그대로 나타내게 됩니다.

오해해서 안 될 것은, 면밀한 작전을 세웠다고 해서 반드시 음험한 성격을 가진 사람이라고 판단되는 것이 아니며, 직구를 던졌다고 해서 단순한 성격이라고 말할 수 있는 것이 아니라는 사실입니다.

사람에게는 각자 자기 나름대로의 방법이 있게 마련이니, 앞으로도 이 테스트에서 밝힌 당신의 '방법'대로 열심히 노력하기를 바랍니다(물론 그 방법대로 하면 반드시 잘 풀리리라 장담할 순 없지만).

그런데 한 가지, 당신은 이 테스트에 대한 답을 얼마나 생각한 뒤에 대답했습니까? 숨 쉴 틈도 없이 곧바로 대답한 사람이 있을 것이고, '음, 글쎄……' 하고 조금 생각한 뒤에 대답한 사람이 있을 것입니다. 이것으로 당신이 연애를 얼마나 중히 여기는지를 알 수 있습니다.

바로 대답한 사람은 끊임없이 연애를 하고 있는 사람입니다. 이 사람에게는 이렇게 해보자, 저 사람에게는 저렇게 해보자는 식으로 늘 머리를 굴리고 있기 때문에 바로 답을 할 수 있었던 것입니다.

조금 생각에 잠겼던 사람은 틀림없이 멋진 연인이 있어서 비교적 안정된 기분을 가지고 있거나, 상대방에게 소극적으로 접근했던 사람입니다.

연인과 이 테스트를 시도하는데, 연인이 당신에게 접근했을 때와는 달리 숨 쉴 틈도 주지 않고 대답한다면… 어떻게 하시겠습니까?

호텔에서 체크인

[Q1] 당신은 오늘부터 묵을 호텔을 향해 걸어가고 있습니다.

지금의 심정은?

[Q2] 호텔로 들어가 체크인 했습니다. 느낌을 말해 보십시오.

[Q3] 드디어 방으로 들어갔습니다. 당신의 방은 어떤 방입니까?

[Q4] 당신은 방을 어떤 식으로 사용하겠습니까?

[Q5] 마지막으로 체크아웃. 지금의 심정은?

호텔은 일시적이라고는 하지만 당신의 '집'이 되는 곳이기도 합니다. 여기에는 당신의 '미래의 결혼관'이 반영되어 있습니다.

지금부터 묵을 호텔을 스스로 얼마나 멋진 호텔인지 자유롭게 상상할 수 있으니, 여기에는 당신이 꿈꾸는 '꿈'의 신혼생활이 표현되어 있는 것입니다.

그런데 바로 이것이 심리 테스트의 무서운 점으로, 테스트가 설정한 상황 속에서의 행동은 결코 '꿈'이라고 할 수 없기 때문에 당신은 호텔에 도착하면 매우 현실적으로 행동하게 됩니다.

제아무리 미래의 일이라고는 하지만, 거기에는 당신이 취할 것이라고 생각되는 진짜 모습이 반영되어 있습니다.

[A1] 호텔을 향해 걸어가고 있을 때의 기분은? → 약혼에서 결혼에 이르기까지의 기분.

이것은 당신의 설레는 마음을 나타냅니다.

지금부터 묵게 될 호텔이 어떤 호텔인지 마음이 설레지 않을 사람은 없을 것입니다.

하지만 '호텔이야 거기서 거기지, 뭐'라고 말하는 사람은 예전에 연애를 할 때 상처를 입은 적이 있기 때문에 결혼할 때조차도 기분이 개운하지 않은 것입니다.

[A2] 체크인 했을 때의 느낌은? → 결혼식 때의 기분

드디어 호텔에 발을 들여놓았다는 긴장감.

결혼식 당일, 당신의 들뜬 마음이 반영되어 있습니다.

'앞으로 며칠 신세 좀 지겠어' 라고 마음속으로 가만히 속삭이는 사람은 없습니까?

이런 당신은 결혼이라는 행위에 대해서 아무런 걱정도 없이, 솔직하게 기뻐하는 사람입니다. 그 기분을 영원히 간직한다면 틀림없이 행복해질 수 있을 것입니다.

[A3] 방은 어떤 방? → 신혼생활.

호텔 방은 당신이 살아야 할 곳이며, 현실적인 '신혼생활'이 반영되어 있는 것입니다.

현실적이라고는 하지만 신혼이라는 달콤한 소스가 듬뿍 뿌려져 있기 때문에, '야, 전망 좋다' 라거나 '예쁘다' 등의 대답이 많을 것입니다.

[A4] 방의 사용법은? → 결혼 후 1개월이 지난 뒤의 상황.

당신 본연의 모습이 그대로 드러나는 테스트입니다.

방을 실제로 사용한다는 것은 곧 더욱 현실적인 생활, 즉 1개월 후의 당신의 모습이 반영되는 것입니다.

아무리 훌륭한 호텔과 아무리 훌륭한 방이라 할지라도 마구 어질러놓는다면 아무런 의미도 없습니다.

그런 답을 낸 사람은 신혼 1개월만에 자기 본성을 모두 드러낼 사람입니다. 좋게 말하면, '꾸밈없는 사람'이라고도 할 수 있겠죠.

[A5] 체크아웃 했을 때의 기분은? → 이혼했을 때의 기분.

결혼생활의 종지부, 즉 이혼했을 때를 말합니다.

'이혼 같은 건 절대로 하지 않을 테니 상관없어!'라고 대답할 사람도 일단은 이 테스트를 통해서 이혼에 대한 모의실험을 해보는 편이 좋겠다고 생각합니다.

앞날은 아직도 많이 남아 있으니까요.

마지막 글자

[Q] 'ㄱ, ㄴ, ㄷ······'의 'ㅎ'을 어떻게 생각하십니까? 무엇이든 상관없으니 생각나는 대로 형용사 등을 사용해서 설명해 보십시오.

[A] 지금 사귀고 있는 사람을 어떻게 생각하고 있는가?

엉뚱한 질문에 깜짝 놀라셨죠?

'ㅎ'에 대해서 생각해 본 사람은 거의 없을 것입니다. 하지만 가만히 살펴보면 꽤 깊이 있고 아름다운 형태를 띠고 있지 않습니까?

이것은 현재 당신이 가지고 있는 '최종 단계'에 대한 이미지를 이끌어내는 테스트입니다. 한글은 우리가 가장 먼저 외우는 문자이고, 'ㅎ'은 'ㄱ, ㄴ, ㄷ……' 중에서도 가장 끝에 위치합니다. 가장 가까운 곳에 있으며, 지금 드디어 그 마지막에 도착했다고 생각하고 있는…… 당신의 사랑에 대한 이미지가 반영되어 있습니다. 그리고 'ㅎ'이라는 글자는 혼자서는 성립이 되지 않는 글자로써, '하', '해'처럼 어떤 '모음'과 하나가 되지 않으면 완벽해지지 않는 문자입니다. 여기에는 이미 당신의 반쪽이 되어 버린 현재의 연인이 그대로 나타나게 됩니다.

하지만 최종 단계라고 해도 좋은 이미지를 가지고 있는지, 나쁜 이미지를 가지고 있는지는 또 다른 문제입니다.

예를 들어서 '이상한 형태'라고 대답한 사람은, 곧 연인의 용모가 마음에 들지 않는다는 뜻입니다.

또 '발음이 부정확하고, 분명하지가 않다'고 대답한 사람은 연인의 우유부단함이 마음에 들지 않는 것입니다.

신기한 색연필

[Q] 앗, 큰일났습니다! 색연필 상자를 바닥에 떨어뜨리고 말았습니다. 초
록색, 피부색, 갈색, 금색, 은색…… 각각의 색을 누가 주워 줬습니
까? 주변에 있는 이성의 이름으로 답해 보십시오.

색상은 당신의 마음을 투영해 보기 좋은 가장 친근한 아이템입니다. 어떤 색을 좋아하고 싫어하는지로 당신의 마음을 환하게 들여다볼 수 있습니다.

① 초록색 → 형제처럼 생각하고 있는 사람.

초록색은 자연을 나타내는 색입니다. 당신의 마음을 차분하게 해 주고 편안하게 해 줍니다.

그런 이미지에 투영되어 있는 사람은 당신의 가족과도 같은 사람이며, 연애를 해볼 마음은 없지만 눈앞에서 사라진다면 틀림없이 죽을 만큼 외로움을 느끼게 될 것입니다.

반대로 말하자면, 연애를 하려 해도 로맨틱한 기분이 2% 부족하기 때문에 막상 사귀고 보면 부족함을 느끼게 되는 사람일지도 모릅니다.

어설프게 사귀다 평생을 함께할 수도 있을 소중한 친구를 잃기보다는 지금 그대로 우정을 키워 나가라고 권하고 싶은데, 어떻게 생각하십니까?

② 피부색 → 나의 반쪽.

피부색은 말 그대로 당신의 피부색입니다. 당신에게 꼭 맞는, 당신의 생명과도 같은 소중한 사람을 상징합니다.

목숨과도 바꿀 수 있다면 말할 것도 없이 그가 당신의 반쪽이며, 지금 당신이 죽도록 사랑하고 있는 사람입니다.

　'전부 엉터리!'라고 말할 사람이 있을지도 모르겠지만, 그렇게 대답한 것은 당신 아닙니까? 당신의 심층 심리는 그 사람을 간절히 원하고 있는 것입니다. 당신의 피부에 꼭 맞는, 당신의 소중한 사람을 놓치지 않도록 하십시오.

　③ 갈색 → 싫어하는 사람.

　갈색은 당신의 혐오감을 나타내는 색입니다. 그리고 갈색은 검정이나 회색보다도 더 강한 마이너스 이미지를 포함하고 있습니다. 당신도 미처 깨닫지는 못하지만, 여기서 연상되는 사람은 미워하고 있는 사람입니다.

　예를 들자면 '괜히 말을 붙이기 힘든 사람', '저 사람하고 있으면 왠지 불안하다'고 생각되는 사람입니다. 싫어하는 사람이라 할지라도 생리적으로 절대로 맞지 않는다는 뜻은 아니기 때문에, 당신은 이 사람 때문에 늘 난처해하고 있을 것입니다. 한시라도 빨리 해결법(가능한 한 시선을 마주치지 않도록 한다든지, 둘만 있지 않도록 한다든지)을 찾아내지 못한다면 '왠지 싫다'는 당신의 행동을 상대방은 전혀 다른 관점에서 받아들일지도 모릅니다. 경계가 필요합니다.

④ 금색 → 같이 있으면 피곤해지는 사람.

금색은 오만함을 나타내는 색입니다. 당신이 속으로 '이 사람은 자기가 최고인 줄 알아' 하는 이미지를 가지고 있는 사람입니다. 따라서 당신은 이 사람을 매우 이기적인 사람이라고 생각하고 있기 때문에 '이 사람과 사귀면 틀림없이 휘둘릴 거야' 라고 생각하고 있습니다.

어떻습니까? 당신의 답안에는 '그래, 맞아' 라고 생각되는 사람이 적혀 있습니까?

하지만 이것은 당신 속의 이미지를 화제로 삼은 것이기 때문에, 실제로 사귀어 보면 전혀 딴판일지도 모릅니다. 그 사람에 대한 생각을 어떻게 수정할지는 전적으로 당신의 몫입니다.

⑤ 은색 → 손이 닿지 않는 곳에 있는 사람.

은색은 신성함은 나타내는 색입니다. 금보다는 부드러운 이미지가 있지만 조금은 숭고한 듯한, 접근하기가 어려운 이미지를 지니고 있습니다.

여기서 상상되는 사람은 당신의 손이 닿지 않은 곳에 있는 사람, 즉 동경하고 있기는 하지만 당신보다는 한 단계 위에 있다고 생각되는 사람입니다. 어떻습니까? 자신보다 한 단계 위에 있다고 생각되는 사람의 이름을 쓰셨습니까?

만약 '뭐? 이 사람이······?' 라고 생각되는 사람을 적었다면, 당신은 스스로 생각하고 있는 것보다 훨씬 더 낮은 곳에 위치해 있는 것입니다. 이 답은 다른 사람에게 함부로 보여주지 않는 것이 좋을 듯합니다.

소중한 안경

[Q1] 길을 걷다가 안경을 주워 그것을 써 보았습니다. 써 보니 주위 풍경
이 어떻게 보입니까?

[Q2] 안경을 쓴 뒤 가장 먼저 눈에 들어온 사람은 누구입니까?

[Q3] 안경의 크기는 어떻습니까? 큽니까, 작습니까?

[Q4] 그 안경의 디자인은 어떻습니까?

눈이 나쁜 사람들에게 있어서 안경은 꼭 필요한 것이지만, 동시에 매우 거추장스러운 물건임에 틀림없습니다. 눈이 나쁘지 않은 사람도 때로는 멋을 위해서 안경을 쓴다고 하지만, 안경이라고 하면 시야가 좁아지고 금방 뿌옇게 변한다는 기분을 느끼게 해 줍니다. 여기서 당신이 주운 안경은 당신의 마음을 들여다볼 수 있는, 그야말로 마법의 안경입니다. 주운 안경을 무심코 써 보면 이런 일이 일어나게 됩니다.

[A1] 안경을 쓰고 본 주위의 풍경은 어떤 느낌? → 일에 대해서 품고 있
     는 생각.

당신이 일에 대해서 어떤 생각을 가지고 있는가를 알 수 있습니다. 안경은 편리하기는 하지만 매우 번거로운 것. 하지만 없어서는 안 될, 바로 일을 상징하고 있습니다. 그 안경을 쓰고 본 주위의 풍경은 일이라는 필터를 통해서 살펴보는 당신의 마음속입니다.

이상하게 일그러져 보인다거나, 보이긴 하지만 도수가 너무 높아 채 3분도 끼고 있지 못하겠다는 등 당신의 마음을 훤히 들여다볼 수 있습니다.

'잘 보이긴 하지만 눈이 아프다' 는 식으로 대답한 사람은 틀림없이 일을 좋아하고 열심히 하고 있기도 하지만, 상사 중에 싫어

하는 사람이 있거나 뭔가 하나 마음에 들지 않는 것이 있는 사람일 것입니다.

아니, 어쩌면 말 그대로 몸의 어딘가가 아프거나 지쳐 있는 상태일지도 모르겠습니다. 때로는 몸을 쉬게 하는 것도 중요한 일입니다.

[A2] 처음 눈에 띈 것은 누구? → 일을 하고 있을 때의 당신.

이것은 당신 자신의 모습입니다. 일을 통해서 본 자기 자신을 객관화 한 것이 답으로 나타났을 것입니다.

스스로는 아무리 열심히 일하고 있다고 할지라도, 반드시 그 모습 그대로가 떠오르는 것은 아닙니다.

젊다 하더라도 일을 하고 있을 때는 할아버지와 같은 모습(좋게 말하자면 일에 대해 지나칠 정도의 분별력을 가지고)으로 일하고 있다는 뜻일 것입니다.

혹시 좋지 않은 쪽으로 대답한 사람일지라도 절망적이라고는 할 수 없습니다. 이 테스트를 통해서 그것이 나타났다는 것은 스스로 그 사실을 잘 알고 있다는 뜻이니, 아직 고칠 수 있는 가능성이 남아 있다는 것입니다. 개선을 위해 노력해 보기 바랍니다.

[A3] 안경의 크기는? → 지금의 일이 당신에게 맞는가, 맞지 않는가?

안경의 크기는 일 자체의 크기를 상징합니다. 크기라고 했지만 그것은 심리적인 것이기 때문에 당신 자신과 일 사이의 균형이 잡혀 있는가, 어떤가를 묻고 있습니다.

안경이 헐렁하다면 당신은 일에 대해서 일종의 공포심과도 같은 것을 품고 있는 것일지도 모릅니다.

하지만 이것은 그런 마이너스 이미지뿐만 아니라, 자기 자신이 일을 얕잡아보고 있어서 나는 좀 더 큰일을 할 수 있다, 이런 일은 내게 맞지 않는다고 느끼고 있는 것일지도 모릅니다.

[A4] 디자인은 어떤가? → 자신의 외모에 대해서 가지고 있는 생각.

안경의 디자인은 당신의 외모 그 자체를 나타내고 있습니다. 하지만 안경이 나타내는 것은 '일'이기 때문에, 이것은 당신이 업무상의 지위에 대해서 '멋있다'거나 '초라하다'고 생각하는 기분을 상징하는 것일 수도 있습니다.

'테가 가느다란 것, 멋있기는 하지만 금방 부서질 것 같다'는 답은 액면 그대로 받아들여도 좋을 답입니다. 업무상 직함은 멋있지만 '외줄 타기' 같은 일이나, 보험도 가입이 안 돼서 몸이 망가지면 끝장인 그런 일들도 얼마든지 있으니까요.

기쁨의 헹가래

[Q] 다섯 명이서 당신을 헹가래 치고 있습니다. 당신의 머리, 오른팔, 왼팔, 오른발, 왼발을 각각 누가 받치고 있습니까? 이성, 동성에 상관없이 당신과 친근한 사람들의 이름으로 답해 보기 바랍니다.

49

당신은 행가래를 받아 본 적이 있습니까? 우승한 프로야구 팀의 감독이 아닌 이상 행가래를 받을 일은 거의 없을 것입니다.

하지만 받게 된다면 자신이 위로 던져지는 것이니 상당히 무서울 것입니다. 그때 밑에서 받치고 있는 사람들은 당신이 비교적 자주 보고 같이 생활하는 그런 사람들일 것입니다.

이 테스트는 당신이 그 사람들을 어떻게 생각하고 있는지를 알 수 있습니다.

[A1] 머리 → 라이벌.

머리는 당신의 가장 중요한 부분, 두뇌를 나타냅니다.

당신의 두뇌를 받치고 있는 것은 늘 당신을 자극하고 긴장하게 만드는 당신의 라이벌입니다.

이 라이벌이 없으면 무슨 일을 할 때나 제아무리 열심히 해도 조금 부족한 듯한 인생이 되어 버릴 것임에 틀림없습니다.

만약 '특별히 라이벌이라고 생각지는 않는데……' 라는 사람을 썼다면 당신의 라이벌은 그 정도 밖에 안 된다는 것이며, 좀 더 노력해서 자기 라이벌의 수준을 높일 필요가 있을 것입니다.

[A2] 오른팔 → 머리가 좋다.

오른팔은 펜을 나타냅니다. 여기서 연상되는 것은 언제나 펜을 쥐고 있는 것과 같은, 즉 공부를 아주 잘할 것 같은 사람입니다. 꼭 공부만을 뜻하는 것이 아니라 당신이 평소 '저 사람은 능력이 있다!'고 생각하는 사람이 반영된 것입니다. 그래서 당신은 속으로, '이 사람에게는 못 당한다'며 백기를 들고 있는 것입니다.

사람에 따라서는 '내가 제일 뛰어나다'고 생각할 수도 있겠지만, 그런 사람이라 할지라도 속으로는 어떤 불안감을 가지고 있는 법이며, 그 불안을 가져다주는 것이 오른팔로 상징되는 사람인 것입니다.

[A3] 왼팔 → 가장 친한 친구.

왼팔은 심장에서 가장 가까운 곳, 즉 당신이 신뢰하고 있는 사람입니다.

진심으로 신뢰할 수 있는 사람은 그리 흔치 않습니다. 당신의 왼팔을 받치고 있는 사람은 당신에게 있어서 매우 소중한 사람이며, 당신이 안심할 수 있는 유일한 사람이니 관계를 소중히 여겨야 합니다.

'그 친구와는 곧잘 싸우기도 하고……'라고 할지도 모르겠지만, 싸움을 할 수 있다는 것은 마음을 열 수 있는 사람이기 때문이 아닐까요? 정말로 싫어하는 사람이나 신뢰할 수 없는 사람과는 그렇게 싸울 수가 없는 법입니다.

당신이 떠올린 그 사람도 당신을 왼팔이라고 썼다면 최고의 파트너가 될 것입니다.

[A4] 오른발 → 생리적으로 맞지 않는 사람.

오른발은 왼팔과는 대조적이며, 심장에서 가장 멀리 떨어진 곳에 있습니다. 게다가 '발'은 아래쪽을 받치는 것이기 때문에 저절로 당신이 꺼려하는 사람의 이름을 떠올리게 되어 있습니다.

당신은 그의 존재를 눈엣가시처럼 생각하고 있지 않으십니까? 그가 어떤 의견을 말하면 바로 반발심을 품게 되지 않습니까?

그 사람은 이른바 '생리적으로 맞지 않는 사람'입니다. 너무 다가가지 않는 편이 좋겠습니다.

[A5] 왼발 → 부하 직원.

왼발은 오른발만큼 심장에서 떨어져 있지도 않고, '발을 받쳐주지 않으면 곤란하다'는 당신의 애매한 기분을 나타내고 있습니다. 없으면 곤란하고, 조금은 얕잡아보고 있는 사람이니 쉽게 말해서 당신의 부하입니다. 당신은 그 사람을 언제나 편리하게 '이것 해라, 저것 해라' 하며 부려 먹고 있는 것입니다.

만약 여기서 이성의 이름을 적었다면, 당신 속으로 '등쳐 먹을 사람', '잠깐 사귀다 말 사람'이라고 생각하고 있는 것일지도 모르겠군요.

이 테스트는 당신의 학교나 클럽 등과 같이, 상하관계가 확실한 사람들을 생각하여 시험해 보면 더욱 재미있게 즐길 수 있을 것입니다.

왜 여름 해변에서 사랑이 싹트는 것일까?

새하얀 모래밭에 에메랄드 빛 바다가 이어지는 남국의 섬. 이런 곳에서는 왠지 멋진 만남이 기다리고 있을 것 같은 기분이 듭니다.

실제로 우리는 이런 일탈된 분위기뿐만 아니라, 즐거운 음악에 맞춰 춤을 추거나 함께 테니스를 즐기는 등의 '쾌적한 시간'을 공유하는 사람과는 서로 호의를 갖게 됩니다. 또 그것이 남녀 사이라면 연애관계로 발전할 가능성이 매우 높습니다.

심리학자인 밴과 클로어는 마음의 이런 메커니즘을 다음과 같이 설명하고 있습니다. '파블로프의 개'의 조건반사에 대한 실험은 유명한데, 이는 개에게 먹이를 줄 때마다 매번 종소리를 들려주면 결국에는 종소리를 듣는 것만으로도 개는 침을 흘리게 된다는 실험입니다. 사람들의 호감도 이와 마찬가지로 '쾌적한 환경'에 있을 때, 우연히 그 자리에 있게 된 사람은 '쾌적한 자극'과 거기에 함께 있던 사람 사이에 종소리와 고기의 관계와도 같은 것이 생겨나게 된다는 것입니다. 그래서 '쾌적한 자극'이 거기에 함께 있었던 사람과 의식 속에서 하나로 묶여져 호감을 갖게 된다는 것입니다. 이와 같은 연결은 호감뿐만이 아니며, 불쾌한 자극의 경우는 혐오스러운 감정과 연결되어 나타나는 경우가 있기 때문에 주의를 기울일 필요가 있습니다. 우리는 후텁지근하거나 시끄러운 상황 속에 있으면 초조함이나 불쾌함을 느끼기 쉬운데, 그럴 때 우연히 같이 있게 된 사람을 미워하게 되기 쉽습니다.

밴 등은 이와 같은 사실을 다음과 같은 실험을 통해서 증명했습니다. 쾌적한 방과 후텁지근한 방에서 대인 평가를 하게 한 다음, 그 평가 결과를 비교해 보았습니다. 그랬더니 후텁지근한 방에서 평가한 사람들의 대인 평가가 낮은 경향이 있다는 사실을 알게 되었습니다. 후텁지근한 방에서는 자신도 모르게 초조함을 느끼게 되며, 그 감정이 무의식중에 호의적이지 못한 평가를 내리게 했다고 여겨지고 있습니다. 이는 사람과 만날 때의 장소가 얼마나 중요한지를 말해 주고 있습니다. 그렇다면 제트코스터를 타거나 계곡의 구름다리를 건널 때처럼 흥분되고 두근거리는 체험은 어떤 영향을 줄까요?

심리학자인 더튼과 같은 학자들은 매우 흥미로운 실험을 했습니다. 높은 곳에서 흔들거리는 구름다리를 한 청년에게 건너가도록 했습니다. 그리고 그곳에서 기다리고 있던 아름다운 여학

생이 청년에게 앙케트 조사에 협조해 달라며 말을 걸고 나서, 조사를 마친 후에 '조사 결과에 관심 있으시면 나중에 전화 주세요'라며 전화번호를 일러주었습니다. 그러자 거의 대부분의 청년들이 여성에게 전화를 걸었습니다.

한편 똑같은 실험을 흔들거리지 않는 다리 위에서도 실시했더니, 여성에게 전화가 걸려온 확률은 극단적으로 줄었습니다.

이 실험 결과는 다음과 같이 설명되었습니다.

높은 곳에서 흔들거리고 있는 구름다리를 건너면 청년들은 모두 심장이 두근거리고 숨도 가빠져 흥분 상태에 놓이게 됩니다. 이것은 첫눈에 사랑에 빠져 버렸을 때의 흥분되고 가슴이 두근거리는 감각과 매우 흡사합니다. 따라서 청년들은 자신이 흥분한 상태에서 구름다리를 건너가고 있기 때문이라는 사실을 잊은 채, 그 여성의 매력에 이끌려 호의를 갖게 되었다고 착각을 하게 됩니다. 그렇기 때문에 여성에게 전화를 건 것입니다. 반면, 흔들거리지 않는 다리는 안심하고 건널 수 있기 때문에 그와 같은 착각이 벌어질 가능성이 낮았던 것입니다.

수많은 커플들로 북적거리는 놀이공원의 두근두근 가슴 설레는 제트코스터나 유령의 집 등에서도 같은 효과를 기대할 수 있을 것입니다.

Part 2
현실 너머
가상의 세계에서 자아 찾기

산 정상의 스탬프

당신은 등산을 하고 있습니다. 산 정상에 도착하면 기념 스탬프가 있습니다.

[Q1] 그 스탬프를 보고 당신은 어떤 생각이 들었습니까?

[Q2] 그 스탬프를 쥐어 보십시오. 쥐어 본 느낌은 어떻습니까?

[Q3]　그 스탬프를 찍어 보십시오. 찍어 본 느낌은 어떻습니까?

[Q4]　등산에서 돌아와 그 스탬프를 얼마 동안이나 소중히 간직할 것 같
　　　습니까?

등산은 확실히 즐거운 야외활동 가운데 하나입니다.

주위의 멋진 풍경이나 우연히 이름 모를 꽃들을 발견하는 것 등의 즐거운 일도 많지만, 정상까지의 여정을 생각해 보면 그것은 매우 힘들고 고단한 일이기도 합니다. 그러나 바로 그렇기 때문에 정상에 올랐을 때의 기분은 특별한 것입니다.

신선한 공기를 가슴 가득 들이마신 뒤에 문득 한쪽에 놓인 테이블을 보면, 거기에 누구나 알고 있는 스탬프가 있습니다. 학창 시절에도, 사회인이 된 지금도 어딘가로 여행을 가면 반드시 눈에 들어오는 것이 바로 스탬프입니다.

스탬프는 당신이 힘든 여정을 거친 끝에 손에 넣은 것이니, 그것은 현재 당신이 만나고 있는 연인의 존재 자체를 상징합니다.

[A1] 스탬프를 보고 어떤 생각이 들었는가? → 지금의 연인에 대해 어떤
     생각을 갖고 있나?

당신이 연인에 대해서 품고 있는 생각에 대해 묻고 있습니다.

그저 단순한 스탬프에 지나지 않지만, 오랫동안 힘든 산길을 오른 끝에 손에 넣게 되면 그 기쁨은 한층 더 커집니다. 당신은 인생을 등산에, 그리고 지금 손에 쥐고 있는 것(스탬프)을 당신이 현재 사귀고 있는 연인에 반영하여 대답하게 되는 것입니다.

만약 '써 봤더니 길이 들어서 그런지 느낌이 좋았다'는 대답을

했다면, 그것은 당신이 현재 만나고 있는 연인이 매우 성숙해서 마음이 아주 편하다는 것이겠죠?

그렇다면 그 '길들여진 사람'은 당신일까요, 아니면 상대방일까요?

[A2] 스탬프를 쥐어 본 느낌은? → 당신의 연인의 성격.

손에 쥐어 본 느낌은 어떻습니까? 매끈매끈하고 손에 꼭 맞는 느낌입니까, 아니면 까칠까칠해서 조금 거부감이 듭니까?

스탬프가 지금 사귀고 있는 연인이라고 한다면, 그것을 손에 쥔 느낌은 연인의 성격 자체를 상징합니다.

손에 쥔 감촉이란 다시 말해서 당신과 접촉할 때 닿는 부분이며, 당신의 마음에 직접적으로 다가오는 당신 애인의 파장을 말합니다.

[A3] 스탬프를 찍어 본 느낌은? → 현재의 두 사람 관계.

드디어 스탬프를 찍어 봅니다.

스탬프가 아무리 새롭고 멋진 것이라 할지라도, 당신이 잉크를 잘 묻히지 않거나 힘을 균일하게 줘서 찍지 않으면 잘 찍히지 않습니다. 또 당신이 아무리 주의해서 완벽하게 찍는다 해도, 스탬프가 닳았다면 깨끗하게 찍히기는 힘들 것입니다. 즉, 이것은 당신과 연인과의 균형을 상징하고 있는 것입니다.

스탬프가 선명하고 깨끗하게 찍혔다면 당신과 연인과의 관계가 균형이 매우 잘 잡혀 있는 것입니다. 만약 잘 찍히지 않았다면 과연 어느 쪽이 잘못된 것인지를 한번쯤 생각해 보는 것이 좋겠습니다.

[A4] 스탬프를 얼마나 소중히 여기는가? → 현재의 연인을 얼마동안 소중히 여길까?

이것은 당신의 가치관이나 집착 정도를 나타냅니다.

당신이 여행에서의 추억을 소중하게 생각하는 사람이라면 틀림없이 연인도 소중하게 여길 것입니다. 하지만 그렇게 소중히 여기지 않는 사람은 언제라도 마음에 드는 또 다른 사람을 만나면 연인을 배신하고 말 것입니다. 미련 같은 건 전혀 갖지 않고 말입니다. 당신은 어떤 타입입니까? 당신도 당신이지만, 연인으로 삼을 바에는 소중하게 생각해 주는 사람을 선택하는 것이 좋겠지요.

이 스탬프는 평범한 스탬프가 아닙니다. 당신 마음의 기념이라고도 할 수 있을 만한 소중한 스탬프입니다.

이 스탬프가 앞으로 당신의 마음에 얼마나 찍힐지는 신만이 알고 계실 것입니다.

잠수함을 타다

[Q1] 당신은 잠수함을 탔습니다. 어떤 잠수함입니까?

[Q2] 주위 사람들은 그 잠수함에 대해서 어떻게 말합니까?

[Q3] 전투 상황 돌입! 당신이 어뢰를 발사합니다. 몇 발의 어뢰를 발사하겠습니까?

[Q4] 잠수함이 고장 났습니다. 어떻게 하겠습니까?

[Q5] 결국 잠수함과 함께 자폭을 해야 합니다. 지금의 심정은?

잠수함이 상징하고 있는 것은 당신의 부업입니다.

배, 특히 잠수함과 같이 바닷속으로 들어가 활약하는 것은 해상의 배와는 달리 숨겨진 부분을 상징합니다. 남들이 알지 못하도록 일을 하는 것으로써, 즉 부업을 나타냅니다. 사람들에게 쉽게 밝힐 수 없는 밤일 같은 것도 여기에 포함됩니다.

[A1] 어떤 잠수함? → 당신의 부업.

잠수함은 당신의 부업을 말합니다. 즉, 당신이 자신의 부업에 대해서 어떻게 생각하고 있는지를 묻고 있습니다.

'작지만 성능은 최고' 라고 대답하는 사람은 일이 수월하고 꽤 돈벌이가 좋은 일을 하고 있다는 것입니다.

[A2] 주위 사람들은 잠수함에 대해서 무엇이라고 하나? → 친구들은 당신의 부업에 대해서 무엇이라고 하는가?

당신 친구들은 당신의 부업에 대해서 어떻게 말하고 있습니까? 주위 사람들은 틀림없이 이렇게 생각할 거라고 생각하고 있는 부분이 있을 것입니다. 만약 [1]에 대한 답으로 '최신예' 잠수함을 그렸다 할지라도 [2]에서 '그렇지만 아주 뛰어난 것이라고는 생각하지 않는다' 고 대답했다면, 일에 비해 '돈벌이는 별로' 라고 생각한다는 뜻입니다.

[A3] 어뢰는 몇 발을 쏘겠는가? → 당신이 부업에 의존하고 있는 정도.

어뢰가 나타내는 것은 당신이 그 잠수함에 얼마나 의존하고 있는가 하는 점입니다. 즉, 당신이 부업에 어느 정도의 기대를 품고 있는가를 나타냅니다.

'별다른 작전도 없으니 어뢰를 쏠 수 있는 만큼 쏘겠다'고 대답했다면 그것은 본업 이상이라는 대답입니다.

반대로 면밀한 작전이 있으니 좀 더 효과적일 때만 몇 발 쏘겠다고 대답하는 사람은 확실히 현재의 본업에 더 많은 힘을 쏟고 있는 사람입니다.

부업은 어디까지나 부업이기 때문에 그 몇 발도 무한정 쏠 수 있는 것이라고 말할 수는 없습니다. 적당히 해 두지 않으면 금방 마지막 한 발이 되어 버릴지 모르니 주의해야겠지요.

[A4] 잠수함이 고장 나면 어떻게? → 부업에서 실패했을 경우 어떻게 행동하겠는가?

잠수함이 고장(부업의 실패) 났습니다. 그런 상황에서 천천히 휴식을 취하면서 느긋하게 수리를 할 것인지, 아니면 대책을 세우느라 고민에 빠지는지에 따라서 당신이 부업에서 실패했을 때 취하는 태도를 알 수 있습니다.

[A5] 자폭할 때의 기분은? → 부업이 발각되었을 때의 기분.

이 상황은 결국 잠수함과 함께할 수 없게 되었을 때의 기분을 묻고 있습니다. 잠수함뿐만 아니라 당신 자신도 더불어 죽는 것이니, 부업이 발각되었을 때의 일을 나타냅니다.

'자폭을 해야 하다니, 차라리 타지나 말걸!' 하고 생각하는 사람은 부업에 손댄 것을 후회하고 있습니다.

그리고 '잠수함이 가라앉는 것이니 죽어도 할 수 없다'고 생각하는 사람은 본업보다도 부업에 승부를 걸고 있다고 봐야 합니다.

드라큘라가 되다

당신은 드라큘라입니다.

당신은 지금 아주 좋아하는 피를 빨아먹고 있습니다.

[Q1] 어느 정도 빨아먹었습니까?

[Q2] 피를 빨아먹은 느낌을 말해 보십시오.

당신은 드라큘라가 된 자신을 상상해 볼 수 있습니까?

햇볕은 결코 볼 수가 없고, 밤이면 밤마다 피를 찾아 헤맵니다. 은으로 된 십자가와 못이 당신의 가장 커다란 공포며, 죽을 때는 재처럼 흔적도 없이 사라져 버리는…….

드라큘라에는 흡사 어린 시절 보았던 공포영화처럼 어딘지 사실적인 두려움이 숨어 있습니다.

드라큘라에게 '피를 빨아먹는다' 는 행위는 그야말로 생명 그 자체이며, 피를 빨아먹지 않으면 죽어 버리는 것을 생각하는 당신도 상당히 진지한 기분에 빠져 들게 될 것입니다.

[A1] 빨아먹은 피의 양이 얼마나 되나? → 지금 당신은 어느 정도 노력 하고 있는가(피를 빨아먹은 양이 많을수록 노력하고 있다는 것).

이것은 당신이 인생을 살아가는 삶의 자세입니다. 자신이 얼마 나 진지하게 살아가고 있는가, 인생에 대해서 얼마만큼의 노력을 기울이고 있는가 하는 정도를 말합니다.

'배가 터질 정도로 빨아먹었다' 고 대답한 사람은 자기 자신에 대해서도 최선의 노력을 다하고 있는 사람입니다.

단순히 식탐이 개입된 것이 아니냐는 의견도 있지만, 식탐이 개입되었다는 것은 그만큼 주위의 것을 탐욕스럽게 흡수하고 있 다는 증거입니다.

지나치게 많이 흡수하여 주위로부터 비난을 받게 되는 경우가 있을지는 몰라도 당신에게는 틀림없이 도움이 될 것입니다.

언제나 드라큘라처럼 진지하게 살아가십시오.

[A2] 피를 빨아먹은 느낌은? → 자신의 노력에 대한 평가.

피를 빨아먹은 느낌은 자신의 노력에 대한 스스로의 평가를 상징합니다.

'맛있었다, 잘 먹었다'는 식의 단순한 대답을 한 사람은 자신의 인생에 대해서 아무런 의문도 품지 않고 오로지 앞만 보고 달려가는 사람입니다. 바로 그렇기 때문에 그 어떤 설명도 없이 그저 솔직하게 '잘 먹었다'고 대답할 수 있습니다.

'아직 더 빨아먹고 싶다, 좀 더 빨아먹고 싶다'고 대답한 사람은 [1]에서 아무리 많이 빨아먹었다 할지라도(즉, 아주 열심히 노력한다 해도) 스스로는 여전히 노력이 부족하다고 생각하는 사람이며, 매우 금욕적이고 자신에게 엄격한 사람이라고 말할 수 있습니다.

이런 사람은 틀림없이 평생 만족할 줄 모르고 언제나 계속 전진하는 타입입니다. 곧 지쳐 버릴 것 같은 느낌이 들기도 하지만, 이른바 유망주라고 할 수 있으니 주변에 이렇게 답한 이성이 있으면 지금부터라도 붙잡아 두는 편이 좋겠습니다.

당신은 오늘밤에도 피를 빨아먹으러 가겠습니까, 아니면 하룻
밤 정도 피를 빨아먹지 않고 다른 곳에 놀러 가겠습니까?

이별의 순간

[Q1] 당신의 이름은 노진구입니다. 그런데 도라에몽이라는 이성과 이별의
순간이 찾아왔습니다. 이후 도라에몽은 누구한테로 갈 것 같습니까?
당신이 알고 있는 동성의 이름으로 답해 보십시오?

[Q2] 그리고 그때 당신은 어떻게 생각할까요?

bye
bye

도라에몽이라는 말을 듣는 순간 당신은 어떤 생각이 들까요?

갖고 있으면 아주 편한 것?

늘 갖고 싶다고 생각했던 것?

잠깐만요. 당신은 노진구입니다.

언제나 함께 했던 도라에몽.

언제나 나를 도와줬던 도라에몽. 도라에몽이 사라진다면 나는 지금부터 어떻게 해야 하나……?

아마도 그건, 뭐라 말할 수 없는 두려움에 빠지지 않을까요?

그렇습니다. 도라에몽은 소중하고 절대 잃고 싶지 않은 당신의 연심(戀心)을 상징합니다.

[A1] 도라에몽은 누구에게? → 당신의 연적(戀敵).

이것은 당신이 잠재적으로 라이벌이라고 생각하고 있는 인물이며, 더군다나 소중한 연인을 빼앗길지도 모른다는 걱정을 하고 있으니, 여기서의 상징은 '사랑의 라이벌' 입니다.

연인을 빼앗길지도 모른다는 두려운 마음을 갖게 하는 사람일수록, 이런 설정을 부여하면 바로 떠오르는 법입니다.

[A2] 그때 어떻게 생각할까? → 차였을 때의 기분.

이것은 당신이 소중한 것을 잃었을 때의 기분을 나타냅니다.

'외롭다, 괴롭다, 이제라도 다시 돌아와 줬으면……' 하는 슬픔이 먼저 떠오른 사람은 정이 많은 사람입니다. 어떤 사랑을 하더라도 상대방을 진심으로 소중히 대하는 사람일 것입니다.

반대로 '그런 녀석에게 가 버리다니…… 욕이라도 해 줘야겠어!' 하고 공격적인 답을 한 사람은 남편이 바람을 피우면 상대방 여자에게 전화를 걸어서 아무 말도 하지 않는 등의 행동을 할 타입입니다.

일편단심이라고 할 수도 있겠지만, 아무튼 그것이 그 사람의 사랑의 형태인 것입니다. 단, 당신의 애인이 이런 타입이라면 조금은 힘들지 않을까요?

애인을 선택하기 전에 충분히 고려해 보기 바랍니다.

자, 어땠습니까? 당신이 주의를 해야만 할 타입의 사람과, 연인과의 이별 방법까지 알 수 있었던 테스트가 아닐까요?

투명인간이 된다면

[Q1] 당신은 투명인간이 되는 약을 가지고 있습니다. 몇 알이나 가지고 있습니까?

[Q2] 그 약을 친구한테도 나눠 주겠습니까, 나눠 주지 않겠습니까? 왜 그런지 그 이유도 적어 보십시오.

[Q3] 드디어 당신은 약을 먹었습니다. 투명인간이 된 자신을 어떻게 생각
합니까?

[Q4] 동경하던 사람의 욕실로 숨어들었습니다. 그런데 약효가 떨어져 들
켜 버린 당신은 뭐라고 말하겠습니까?

만약 정말로 투명인간이 되는 약이 있다면……?

당신은 과연 어떤 일에 사용할까요? 투명인간이 되는 약을 가지고 있다는 것은 당신만의 조그만 비밀을 가지고 있다는 것입니다. 당신은 과연 그 비밀을 어떤 식으로 사용할까요?

[A1] 약은 몇 알? → 눈에 거슬린다고 생각하는 사람들의 숫자.

이것은 당신의 소망을 직접적으로 투영해 보는 테스트입니다.

투명인간이 되었을 때 가장 먼저 연상되는 것은 무슨 짓을 해도 들키지 않는다. 즉, 무슨 일이든 할 수 있다는 것!

인간은 평소 이런 저런 많은 억압을 받으며 살아가는 만큼, 사회적인 멍에로부터 일탈하면 이런 저런 좋지 못한 쪽의 욕망을 꿈꾸는 법입니다. 알약 한 알로 한 번에 투명인간이 될 수 있다면 과연 몇 알이 있어야 미워하던 사람들에게 복수를 할 수 있을지…….

조금 무서운 테스트이긴 하지만, 만약 당신이 한 알로 두 사람이나 세 사람이라고 대답한다면 그 숫자는 훨씬 더 많을 것입니다.

[A2] 약을 친구에게 주겠는가? → 좋아하는 사람이 생겼을 때 친구에게 말하겠는가, 안 하겠는가?

당신의 비밀을 사람들에게 밝힐지, 밝히지 않을지를 나타냅니다. 당신이 친구를 믿고 있다면 하나 정도는 줘도 상관없다고 생각할 것이며, 조금 의심이 많은 사람이라면 친구에게도 약을 주지 않을 것입니다. 약을 손에 넣었을 때는 가슴이 두근거리는 흥분된 기분이 들 테니 그 기분을 다른 사람과 공유하고 싶은지 어떤지가 관건입니다.

'조용히 친구를 불러내서 주겠다'고 대답한 사람은 좋아하는 사람이 생겼다고 친구에게 밝힐 것이고, '여럿에게 나눠 주겠다'고 한 사람은 좋아하는 사람이 생기면 기뻐하며 여러 사람들에게 오픈해 버리는 사람입니다.

그러나 너무 오랫동안 이야기를 늘어놓으면 친구도 넌덜머리가 나서 '네가 알아서 해'라고 말할지도 모릅니다. 무슨 일이든 적당히 해 두는 것이 좋습니다.

[A3] 투명인간이 된 자신을 어떻게 생각하는가? → 친구로부터 '××씨가 너를 좋아한대'라는 말을 들었을 때.

이것은 '믿어지지 않는 사태'를 상징합니다.

자신이 투명인간이 됐다는 사실을 말 그대로 '드디어!' 하고 기뻐하는 사람과, '이야, 이게 정말이란 말인가?' 하고 좀처럼 믿으려 하지 않는 사람으로 답이 명확하게 갈리지 않을까요?

또 즉석에서 '누군가에게 장난 좀 쳐 보자'라며 곧바로 행동에

옮기려는 사람은 틀림없이 용기가 대단한 사람일 것입니다. 누군가 자신을 좋아한다는 사실을 전해 듣는 순간 '정말이야?' 라며 대뜸 전화부터 걸어서 물어볼 사람입니다.

[A4] 약효가 떨어졌다…? → 내심 좋아하던 사람이 내가 좋아한다는 사실을 알아챘을 때 하는 말.

이것은 자신이 호의를 가지고 있다는 사실이 갑자기 밝혀졌을 때 당신이 어떤 태도를 보일까를 테스트하는 것입니다.

자기가 좋아하는 사람이 그 사실을 알게 되었으니 기뻐해야겠지만, 그것이 너무 갑작스러우면 어떤 변명이든 하고 싶어지는 법입니다.

당신은 변명을 하시겠습니까?

변명 같은 것은 하지 않고 솔직하게 '미안해요, 좋아합니다' 라고 답한 사람은 틀림없이 사랑 받을 타입입니다.

오히려 과감하게 '어? 왜 이렇게 됐지?' 라고 답할 사람은 없을까요?

그런 사람은 손해를 보는 타입으로 '에이, 나도 몰라요' 하고 시치미를 뗄 것이 틀림없습니다.

지금은 빨래 중

[Q] 당신은 지금 빨래를 하고 있습니다. 어떤 세탁기입니까? 낡은 것, 아니면 새 것? 또 어떤 식으로 세탁을 합니까? 무엇이든 좋으니 생각나는 것을 적어 보십시오.

[A] 당신의 죄책감

당신은 빨래를 좋아합니까? 혹시 귀찮아서 싫다고 대답한 사람은 없습니까?

생활을 하다 보면 옷이 더러워지기 때문에 빨래를 하지 않을 수 없습니다. 세탁기는 때를 빼 주고 옷을 청결하게 해 줍니다.

죄책감도 마찬가지입니다.

사회생활을 하면서 다른 사람과 다투지 않는 사람은 없으며, 누구나 조금씩은 남에게 피해를 주며 살아가고 있습니다.

중요한 것은 그 뒤의 일입니다. 사람들에게 피해를 주었다는 사실을 깨닫고 반성하는 것입니다. 즉, 죄책감을 가진다는 것이 인간으로 성장해 나가는 데 있어서 성숙한 '어른'이 된다는 것이 아닐까요?

'세탁기가 고장 나서 좀처럼 돌아가지 않는다'고 대답한 사람은 '자신의 좋지 못한 점을 깨닫지 못해 좀처럼 반성을 하지 않는 사람'일지도 모릅니다.

반면에 '최신형 세탁기이기 때문에 때를 깨끗하게 빼 준다'고 대답한 사람은 '자신의 좋지 않은 점을 바로 반성하고 다음부터 똑같은 과오를 범하지 않는 사람'이겠지요.

거미여인의 키스

[Q] 당신은 거미입니다. 거미집을 그리고 거미줄에 걸린 사냥감을 그려
보십시오. 어떤 벌레가 몇 마리 걸려 있는지, 또 어떤 상황에서 걸렸
는지 등도 생각해 보십시오.

[A] 당신이 버린 이성의 숫자.

거미는 마성(魔性)을 가진 벌레입니다. 놀랍고 아름다운 그물을 쳐서 사냥감을 잡습니다. 당신은 거미를 보고 무섭다고 생각함과 동시에 그 요염한 매력에 마음이 끌리는 것을 부인하기 힘들 것입니다. 거미는 그런 당신의 '뭔가에 씌운 것이라고 밖에는 달리 생각할 길이 없는 악마적인 심리' 를 상징합니다.

마음이 착한 사람은 거미가 되었다고 해도(설사 먹이가 걸렸다 할지라도) 그것을 못 본 체할지도 모릅니다(어쩌면 우물쭈물하는 사이에 도망칠지도 모르지요).

또 '나비처럼 예쁜 벌레는 놓아주고, 파리는 잡아먹겠다' 고 대답한 사람은 '이 사람에게는 그런 짓을 하지 않지만, 저 사람에게는 해도 상관없다' 는 식으로 극악무도한 행위를 반복해 온 사람입니다.

스스로에 대해서 커다란 자신감을 갖고 있는 것도 좋지만, 자신이 어느 날 갑자기 파리가 되어 똑같은 일을 당하게 될지도 모른다는 사실을 잊지 마십시오.

그렇다면 거미줄에 걸린 벌레들은 뭐라고 소리치고 있습니까?

'제발, 살려 줘' 라고 애원하고 있습니까? 아니면 '죽어서도 널 저주하겠어!' 라며 당신에게 욕설을 퍼붓고 있습니까?

아마도 그 모든 것들은 당신이 전에 들은 적이 있는 말들입니다. 당신의 마음도 독기를 품고 있었던 듯, 상대방에게 들었던 말들을 기억하고 있는 것입니다.

나쁜 짓인 줄 알면서도 저질러 버리는 것이 마성의 힘입니다.
단, 스스로 파놓은 함정에 자신이 빠지지 않도록 주의를 기울여야 합니다.

화염에 둘러싸인 옷장

[Q1] 옷장이 있습니다. 그것은 어떤 옷장입니까?

[Q2] 그 옷장에 서랍은 몇 개 있습니까?

[Q3] 옷장 속에는 몇 벌 정도의 옷이 들어 있습니까?

[Q4] 큰일 났습니다! 불이 나서 옷장이 불타고 있습니다. 지금의 심정을
말해 보십시오.

우리 생활에 없어서는 안 될 것이 옷장입니다.

혼자서 생활하고 있는 사람이나 물건 들여 놓는 것을 싫어해서 방에 아무것도 놓지 않은 사람이라 할지라도 옷장 하나쯤은 있을 것입니다.

그러면 당신이 상상한 옷장은 과연 어떤 옷장입니까?

[A1] 어떤 옷장? → 당신의 뇌(당신의 머릿속).

옷장은 당신의 뇌 속에 관한 이미지를 상징합니다. 이것은 '속에 물건을 수납하는 기능을 가진 것'이라는 것을 떠올림으로 해서 당신은 당신 자신의 '모든 것을 수납하는 장소' 즉, 뇌 또는 머릿속을 생각하게 되는 것입니다.

뇌는 우리 인간의 모든 것을 관장하는 기관이고, 옷장에 넣을 수 있는 물건이라고 해서 꼭 옷만 있는 것도 아닙니다.

조그맣지만 소중한 인감도장이나 통장이 들어 있는 것을 상상한 사람도 있을 것이고, 커다랗지만 속은 텅 비었고, 겉모양도 너덜너덜한 것을 상상한 사람도 있을 것입니다. 그 모든 것이 당신의 뇌를 나타내는 것입니다.

'오동나무로 만든 멋진 옷장. 어머니가 큰맘 먹고 사 주셨다' 라고 대답한 사람은 어렸을 때부터 이른바 영재교육이라는 것을 받았고, 그것이 트라우마(정신적 장애)가 되어 당신의 마음속에 남아 있는 것일지도 모릅니다.

[A2] 서랍은 몇 개 있나? → 당신의 뇌 용량.

옷장이 뇌라고 한다면, 서랍은 그 옷장이 어느 정도의 용량을 가지고 있는가를 나타내기 때문에, 서랍의 숫자가 그대로 당신의 뇌 용량이 되는 것입니다.

또한 그 서랍이 부드럽게 잘 열리는지도 생각해 보기 바랍니다. 열 때마다 삐삐 소리가 나고 잘 걸리는 서랍입니까? 아니면 매끄럽게 잘 열리고 닫기 편한 것입니까?

이에 대한 답은 당신이 머릿속 지식을 얼마나 유효하게 활용하고 있는지를 반영합니다. '서랍을 열기 힘들다' 고 말하는 사람은 틀림없이 뇌 속에 들어 있는 지식이나 정보를 잘 활용하지 못하고 있는 것입니다. 그런 마이너스 이미지가 당신의 서랍을 잘 열리지 않는 것으로 만들어 버렸습니다.

뇌의 활용법에 대해서 다시 한 번 잘 생각해 보기 바랍니다.

[A3] 옷은 어느 정도 있나? → 뇌의 용량에 비해서 지금 어느 정도의 지
     식을 가지고 있나?

옷의 양, 즉 당신이 가지고 있는 지식의 양을 상징합니다.

여기서 중요한 것은 '옷이 한가득 들어 있다' 는 답이 반드시 좋

은 답은 아니라는 사실입니다. [2]의 답을 생각해 보기 바랍니다. 서랍의 숫자가 당신 뇌의 용량을 나타내는 것이기 때문에, 옷이 아무리 한가득이라 할지라도 서랍이 작으면 가득하다는 그 지식의 양도 뻔한 것입니다. 지식을 그 이상으로 늘리고 싶다면 당신의 뇌 용량을 늘릴 수밖에 없겠지요.

조금 어려운 문제 같지만, 어떻게든 방법을 찾아보기 바랍니다.

[A4] 불타고 있는 옷장을 보고 한마디 → 자신이 이해할 수 없는 일에 부딪쳤을 때.

갑작스런 일로 혼돈 상태가 되었을 때의 당신의 기분을 나타내는 것입니다.

옷장이 불에 타고 있다는 것은, 다시 말하자면 당신의 지식이 아무런 도움도 되지 않을 때, 즉 이해할 수 없는 일에 부딪쳤을 때를 상징합니다.

'슬픔' 과 '곤란' 은 누구나 가지고 있는 감정이라고 할 수 있지만, '다시 새 것으로 사면 되지' 라고 대답한다면 어떻게 되는 걸까요?

당신은 틀림없이 변덕이 심한, 좋게 말하면 매우 적극적인 사람일 것입니다. '모르는 건 모르는 거지, 다시 공부하는 수밖에!' 라는 매우 의욕적인 기분을 보여줍니다.

당신의 머릿속에 대해서 스스로 납득할 수 있습니까?

지금부터라도 늦지 않았습니다. 좀 더 노력해서 머리를 갈고 닦아도 결코 손해가 되지는 않을 것입니다.

공포대왕의 습격

노스트라다무스가 예언을 통해 1999년에 찾아올 것이라던 '공포의 대왕'이 20xx년에 찾아왔습니다.

[Q1] 지구 정부는 어떻게 대처하고 있습니까?

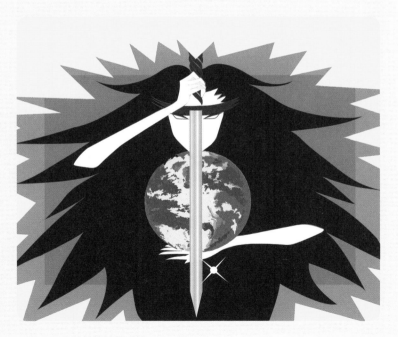

[Q2] 공포대왕은 어떤 존재입니까?

[Q3] 결국 지구는 어떻게 되었습니까?

상상만으로도 두려운 지구 최후의 날.

지금까지의 행복이 몽땅 파괴돼 버리는 그런 공포의 날을 당신은 생각해 본 적이 있습니까?

그것은 당신의 자유로운 '독신귀족 생활'을 위협하는 것이며, 즐거운 일상을 위협하는 것, 행복해야 할 결혼을 위협하는 것의 습격을 의미합니다. 공포대왕은 당신이 상상도 하지 못했던 사람 (즉, 당신의 취향에 전혀 맞지 않는 사람)을 상징하는 것입니다.

[A1] 지구 정부는 어떻게 대처하고 있나? → 전혀 비호감인 사람으로부터 갑작스런 고백을 받았을 때의 태도.

이럴 경우 당신의 대처 방법은 어떻게 됩니까?

'쉴 새 없이 공격하겠다. 상대방이 포기하고 물러날 때까지 계속해서 싸우겠다'고 대답하는 사람은 자신이 타협하는 것을 결코 용납하지 않는 사람입니다. 상대방이 아무리 강하게 접근해와도 자신의 취향에 맞지 않으면 결코 받아들이지 않을 것입니다. 뿐만 아니라 분명하게 '난 당신이 정말 싫어요'라고 가혹한 말도 서슴지 않을 것입니다.

반대로 '모든 걸 전부 포기하겠다'고 대답한 사람은 그다지 취향에 맞지 않는 사람에게 고백을 받아도 아주 간단하게 받아들이는 사람일 것입니다. 지금 당신이 짝사랑하고 있는 사람이 이런 타입의 사람이라면 그건 굉장한 찬스! 포기하지 말고 적극적으로 공략해 나간다면 머잖아 사랑을 쟁취하겠네요.

[A2] 공포대왕은 어떤 사람? → 싫어하지만 결혼하게 될지도 모를 사람.

사실은 싫어하지만, 고백을 받으면 결혼해 버릴지도 모른다는 당신의 심층 심리를 상징하고 있습니다. 자기 취향은 아니지만 왠지 신경이 쓰이는 사람, 결코 좋아하지는 않지만 왠지 시선을 사로잡는 그런 사람.

누구에게나 이런 사람이 있을 텐데, 이런 사람은 당신이 심층 심리 속에서 애타게 추구하고 있는 사람이라고 할 수 있습니다.

답이 너무 의외라서 깜짝 놀랄 사람도 많겠지만, 바로 이러한 점이 이 심리 테스트의 재미있는 부분입니다. 혼자 생각하는 것만으로는 결코 이끌어낼 수 없는 답이 나오니까요.

공포대왕이라는, 지구를 파괴할 수 있을 만큼의 굉장한 힘을 가진 존재를 상상하는 것이기 때문에 그것은 당신의 마이너스 이미지만을 나타내는 것은 아닙니다. 당신의 숨겨진 동경심이나 선망의 대상이 거기에 투영된다고 생각하십시오.

[A3] 결국 지구는 어떻게 되었나? → 고백을 받은 결과.

어쨌든 당신은 '신경 쓰이는 사람'으로부터 고백을 받았기 때문에 당신의 마음이 이리저리 흔들릴 것입니다.

'지구가 사라져 버렸다.', '오랜 시간에 걸쳐서 평화를 되찾았다.'

이것은 모두 당신 자신의 상태를 나타내는 것입니다.

'지구가 사라져 버렸다'고 대답하는 사람은 틀림없이 그 사람에게 져 버린 사람이며, 취향에는 맞지 않지만 조금은 신경이 쓰이던 그런 사람에게 고백을 받고 나서 곧 그 사람에게 푹 빠져 버리게 됩니다. 그리고 격렬한 사랑에 빠져 들겠지요.

'오랜 시간에 걸쳐서 평화를 되찾았다'고 답한 사람은 고백을 받았을 때는 마음이 흔들렸지만, 조금씩 평정을 되찾아 결국에는 제자리를 찾게 되는 사람입니다.

이런 사람은 평소 돌다리도 두드려 보고 건너는 심정으로, 매사를 신중하게 대처하면서 인생을 살아가는 사람일 것입니다. 하지만 마음 한 구석에는 호기심이나 모험심이 잠재해 있기 때문에 때때로 이런 식으로 마음이 흔들리곤 합니다.

내 마음속의 지킬박사와 하이드

[Q] 당신은 이중인격자입니다. 평소의 당신과 숨겨져 있던 또 한 명의 당신은 각각 어떤 일을 하고 있습니까?

평상시의 당신 → 사실은 하고 싶지 않은 일.

숨겨진 당신 → 사실은 가장 하고 싶은 일.

사람은 누구나 가면을 쓴 채 살아가고 있습니다. 그것은 당신이 어떤 일을 할 때건 잠시도 벗을 수 없는 당신의 분신과도 같은 것입니다.

가족과 함께 있을 때의 당신.

학교에서의 당신.

데이트를 할 때의 당신.

생각해 보십시오. 틀림없이 모두가 당신이긴 하지만, 각자 서로 다른 가면을 쓰고 있는 자신을 발견할 수 있을 것입니다. 그리고 학교에서의 당신이라 할지라도 친구들과 이야기를 나누고 있는 당신과 교무실에 불려 가 선생님과 상담을 하고 있는 당신은 전혀 다른 인격일 것입니다.

그렇다면 과연 어떤 것이 진짜 당신일까요?

그것은 분명 당신 자신도 알 수 없는 것입니다. 당신이 의식하고 있을 때뿐만이 아니라 무의식중에도 가면을 쓰고 있기 때문입니다.

특히 여성들은 '화장' 이라는 이중의 가면을 씁니다. 즉, 가면의 피부 깊숙이까지 다시 한 번 화장을 하는 것입니다. 이렇게 되면 일단 당신이 쓴 가면은 벗으려 해도 쉽게 벗을 수 없는 것이 되어 버립니다.

몇 겹으로 겹쳐진 가면이 당신을 괴롭히고 있지는 않습니까?

당신이 마음의 병을 앓기 전에, 이중인격자라는 가면을 한 번 써 보기 바랍니다. 그러면 당신은 마음이 한결 가벼워져 참된 자신을 엿볼 수 있게 될 것입니다.

앞서 말했듯이, 가면이라는 것은 의식적으로 쓰는 것이 아닙니다. 각 상황에 따라서 당신이 세세하게 선택해 무의식적으로 사용하는 것입니다.

무의식중에 행해지는 것이기 때문에 당신의 잠재의식은 늘 준비를 하고 있어야만 합니다. 게다가 누구도 눈치 채지 못하게끔 남몰래 그 작업을 수행해야 합니다.

따라서 이번의 상황 설정처럼 오히려 이중인격자가 되라고 한다면, 당신은 당당하게 당신이 좋아하는 가면을 쓸 수 있게 되는 것입니다. 그 가벼운 마음이 당신의 진심을 털어놓게 하는 것입니다.

내가 스타워즈의 전사가 된다면

[Q1] 당신은 우주인과 싸우고 있습니다. 그 전투 상황을 설명해 보십시오.

[Q2] 그 전쟁이 시작된 지는 어느 정도 되었습니까?

[Q3] 그 전쟁은 끝이 납니까? 아니면 끝없이 계속됩니까? 왜 그렇게 생
      각하는지 말해 보십시오.

미지의 우주인과의 전쟁이 벌어졌습니다.

거기에는 당신이 지금 필사적으로 싸우고 있는 연애의 모습이 투영되어 있습니다.

연인과 사귄다는 것은 마치 당신이 알지 못하는 우주인과 싸우는 것과 같습니다. 어디를 어떻게 공략해야 좋을지, 도대체 어디가 약점인지를 하나하나 손으로 더듬어 확인해 보는 수밖에 달리 방법이 없습니다.

연인이라 할지라도 생판 모르는 타인, 당신에게는 '전혀 알 수 없는 미지의 우주인'인 것입니다.

[A1] 전쟁의 상황은? → 지금의 연인과의 관계.

당신이 지금 연인과 어떤 관계로 만나고 있는지를 반영하고 있습니다.

'지구의 압도적인 우세'라고 말하는 사람은 당신 스스로가 연인에 대해서 압도적으로 유리한 상황에 있다고 생각하는 사람입니다. 어쩌면 연인을 마음대로 쥐어흔들고 있는 것일지도 모릅니다. 그게 아니면 상대방이 당신에게 푹 빠져서 당신이 무슨 일을 해도 웃으며 받아주는 그런 관계일 것입니다.

싸움에서 고전을 면치 못하고 있는 사람은 연애 과정에서도 힘든 싸움을 하고 있을 테니, 뜻대로 되지 않는 연애 때문에 조금은 지쳐 버린 사람일지도 모릅니다.

[A2] 전쟁이 시작된 지 얼마나 됐나? → 연인과 (정신적으로) 얼마나 교감
하고 있는가?

당신은 지금 연인과 어느 정도 깊이 사귀고 있습니까?

여기서는 실제로 얼마나 오래 사귀었는가를 말하는 것이 결코
아닙니다. 당신이 정신적으로 얼마나 깊이 사귀고 있는지, 혹은
어떤 식으로 깊어져 가고 있는지를 나타냅니다.

3년 정도나 사귀었으면서도 '1개월' 이라고 답한 사람은 그 정
도만큼의 만남밖에 하고 있지 못한 것입니다.

간단하게 말했지만, 연인들이 서로 같은 생각을 가지고 있다고
는 말할 수 없습니다. 당신은 1년이라고 생각하고 있지만, 연인은
1개월이라고 생각하고 있을지도 모르니까요. 그렇다면 당신은
아직도 연인의 마음속에 들어가지 못한 것입니다.

큰 문제로 발전하기 전에 가능한 한 빨리 방법을 강구해 보는
편이 좋을 것입니다.

[A3] 그 전쟁은 끝이 나는가, 끝이 나지 않는가? → 당신의 사랑의 행방.

이것은 당신의 심층 심리에 숨겨져 있는 사랑의 행방을 나타내
고 있습니다.

당신의 사랑이 어떤 식으로 끝날 것인지, 아마도 이런 식으로 진행되어 나갈 것이다, 왜냐하면……. 하고 예감하는 것입니다.

마음속에 무의식적으로 그렇게 예감하고 있다는 것은, 거기에 다다르기까지의 사정이나 원인이 틀림없이 마음속 어딘가에 잠재되어 있다는 것을 의미합니다.

당신의 마음은 그저 '적당히 끝난다, 끝나지 않는다' 를 예감하고 있는 것이 아닙니다. 마음속으로 이대로 끝내고 싶지 않다고 생각하는 당신이라면 무엇이 나빴던 것인지, 왜 그렇게 되어 버린 것인지를 잘 생각해 보기 바랍니다.

전쟁 상대는 언제나 미지의 우주인이지만, 당신도 연애를 하면 할수록 그만큼 방법에 능숙해지는 법입니다.

한시라도 빨리 '그 누가 와도 절대로 지지 않는다' 는 강경한 발언을 할 수 있게 되길 바랍니다.

떠오르는 말은?

다음의 말 뒤에 떠오르는 말을 넣어 보십시오.

[Q1] (예전의) 그날은 ○○○○○

[Q2] 지난날은 ○○○○○

[Q3] 결정된 날은 ○○○○○

[Q4] 마지막 날은 ○○○○○

[A1] 첫사랑은 ○○○○○

　여기서 '그날' 이라는 말이 나타내는 것은 당신의 달콤쌉싸름한 추억입니다. 게다가 그것은 과거형으로 나타나기 때문에 먼 옛날에 일어났던 일이죠. 즉, '첫사랑' 을 나타내는 것입니다.

　'그날, 매우 괴로운 일이 있었다' 고 대답하는 사람은 첫사랑이라고 하기에는 너무나도 힘든 사랑을 한 사람이 아닐까요?

　'그날, 나는 지각을 했다' 고 대답한 사람은 당신의 첫사랑에서 무엇인가 때를 놓쳐 버린 일이 있었던 것은 아닐까요? 그게 아니라면 첫사랑 자체가 매우 늦어서 다른 사람들보다 훨씬 뒤졌다고 느끼고 있는 것일지도 모릅니다.

[A2] 첫 경험은 ○○○○○

　이것은 과거에 있었던 일이며, 그것도 당신이 좀처럼 잊지 못할 정도로 선명하게 기억에 남아 있는 '사건' 입니다. 그렇습니다. 당신의 첫 경험을 나타내고 있는 것입니다.

　'과거는 아름다운 추억' , '지나간 날은 두 번 다시 바꿀 수 없다' 는 식으로 대답하는 사람의 마음속에는 첫 경험에 대한 이미지가 선명하게 남아 있습니다. 첫 경험이 조금은 불쾌한 추억이었다 할지라도 마음속에 이미 아름다운 추억으로 간직하고 있는 것입니다.

결코 좋지 않은 답을 한 사람은 가능한 한 빨리 잊도록 하십시오.

[A3] 결정된 날은 ○○○○○

'결정된 날'이 상징하는 것은 당신에게 있어서 가장 중요한 날, 즉 결혼을 의미하는 것입니다.

인생에 있어서 결혼이 '가장 중요한 날'이라고 생각하지 않는 사람도 있을지 모르겠지만, 적당한 나이가 된 당신에게 있어서 결혼은 역시 인생의 전환점이 되는 중요한 날입니다. 그런 생각들이 '결정된 날'이라는 말을 들었을 때 결혼을 연상시키게 하는 것입니다.

'좀처럼 날짜가 결정되지 않는다'고 대답한 사람은, 상대가 너무 많아서 어떤 사람으로 할지 결정을 못하는 것은 아닐까요? 아니면 결혼을 하고 싶지만 결정적인 순간에 연인을 놓쳐 버린 걸까요? 어쨌든 결혼하고 싶다는 마음이 있다면 가능한 한 빨리 하는 것이 좋지 않을까요?

[A4] 마지막 날은 ○○○○○

'마지막 날'이 상징하는 것은 당신 인생의 결과에 대한 예감입니다.

마지막 날은 모든 것이 결정되는 날이니 대성공이라는 사람과 이제 끝장이라는 급박한 기분을 느끼는 사람, 양쪽 모두에게 인생의 결과가 반영되는 것입니다.

당신이 '인생'이라는 것에 대해서 어떤 기분을 가지고 있는지, 그날이 오면 어떻게 행동할지가 나타나 있는 것입니다.

'인생은 지금부터'라고들 하지만, 어쩌면 내일 교통사고를 당하게 될지도 모르고 갑자기 불치의 병이 찾아올지도 모를 일입니다.

당신 인생의 축소판과도 같은 테스트입니다.

지나버린 과거는 되돌릴 수 없지만, 다가올 미래는 바꿀 수 있는 가능성도 있다는 사실을 잊지 마십시오.

세 명의 탤런트

[Q] 누구라도 상관없으니 당신의 머릿속에 떠오른 탤런트(A와 B) 두 명의
이름을 적어 보십시오. 그리고 두 명의 공통점을 적어 보십시오. 그
다음에 또 다른 탤런트(C)의 이름을 적어 보십시오. B와 C의 공통점
은 무엇이라고 생각하십니까? 그것도 마찬가지로 적어 보십시오.

탤런트 A

     (두 사람의 공통점)

탤런트 B

     (두 사람의 공통점)

탤런트 C

[A] 당신이 사람을 판단할 때의 관점을 나타낸 것입니다.

이것은 심층 심리 테스트에 가까운 것입니다.

당신이 두 탤런트의 공통점이라고 생각한 것은 당신이 '사람을 판단할 때의 기준'이 되는 것입니다. 만나자마자 그 사람의 패션 감각이나 용모로 판단을 해서 '나와는 잘 맞지 않을 것 같은 사람'이라고 판단할 사람도 있을 것이고, 함께 식사할 때 밥을 먹는 모습을 보고 판단하는 사람도 있을 것입니다.

여기에는 좋고 나쁨이 있을 수 없습니다. 당신 스스로가 '나는 이런 면에서 사람을 본다'고 해서 하는 것이니 이제 와서 바꿀 수도 없습니다. 단, 이 테스트에서 알게 된 사실을 참조하여 좀 더 다양한 각도에서 타인을 보게 된다면 그것이 가장 좋은 일이겠지요. 친구와 함께 이 테스트를 해서 그 친구의 답을 보고 '아, 이런 식으로 사람을 볼 수도 있겠구나' 하고 한 수 가르침을 받는 것도 현명한 방법입니다.

용모만으로 타인을 판단했던 사람이 '앞으로는 좀 더 만나보고 좋은지 나쁜지를 판단하기로 하자'며 조금이라도 생각하는 시간을 갖게 된다면 그 이상 바람직한 일도 없겠지요.

인간은 무한이라고도 말할 수 있는 여러 가지 면을 가지고 있습니다. 20년, 30년을 함께 살아온 부부라 할지라도 '당신이 그렇게 화내는 건 처음 봤어요' 라는 등의 말을 하는 것을 드라마를 통해 자주 볼 수 있는 것처럼, 그 사람의 전부를 본다는 것은 절대로 불가능한 일입니다.

　당신이 미워하는 그 사람도 사실은 굉장히 눈물이 많은 사람일지도 모릅니다.
　당신의 시점을 조금만 바꿔도 전혀 다른 사람처럼 보일 사람들이 당신 주위에 여럿 있을 것입니다.

두 사람만의 벤치

[Q1] 맞은편 벤치에 두 사람이 앉아 이야기를 나누고 있습니다. 어떤 이
야기일까요?

[Q2] 이야기의 분위기는 어떨까요?

[Q3] 잘 살펴보니 그 두 사람은 당신이 잘 알고 있는 커플이었습니다. 누구와 누구일까요?

[Q4] 당신은 자신의 의견을 관철시키려 할 때 어떤 식으로 주위 사람들을 설득합니까?

공원의 벤치에서 커플들이 사랑을 속삭이고 있습니다. 여름 밤, 공원의 벤치는 모두 커플들에게 점령당하고 맙니다.

그런 벤치에 앉아 있는 두 사람을 떠올림으로 해서 당신의 연애 관을 알아볼 수 있습니다.

[A1] 무슨 이야기를 하고 있나? → 지금 당신의 연인.

벤치에 앉은 두 커플. 두 사람의 이야기는 당신이 가장 마음을 쓰는 것이며, 즉 당신의 연인이 반영됩니다.

단순히 '일에 관한 이야기' 라고 대답한 사람은 연인이 일 때문에 매우 바쁜 사람일 수도 있고, 아니면 자신도 너무 바빠서 '일이 애인' 인 사람일 수도 있습니다.

'친구와 어디로 여행을 갈지 정하는 이야기' 라고 대답한 사람은 연인과 함께 여행을 떠나고 싶다고 생각하는 사람일 것입니다.

'뭐가 뭔지 모를, 잠이 올 것 같은 이야기' 라고 대답한 사람은 연인과 함께 있는 것에 조금은 싫증이 난 사람이겠지요.

[A2] 이야기는 어떤 분위기? → 두 사람의 사이.

말 그대로 두 사람의 사이를 상징합니다.

'말이 없는 답답한 분위기' 라면 두 사람의 사이도 그렇게 좋지는 않겠지요.

'의견이 맞지 않아 말다툼을 하고 있다'고 대답한 사람이라면 두 사람은 지금 한 고비를 맞고 있는 것입니다. 그 단계를 넘어선 다면 더욱 친밀한 연인이 되겠지만, 어쨌든 지금은 그 고비를 넘고 있는 중일 것입니다.

[A3] 잘 알고 있는 커플은 누구? → 당신이 마음에 두고 있는 커플.

당신이 잘 알고 있는 커플이란, 말 그대로 당신이 늘 마음에 두고 있는 두 사람입니다.

당신의 직장이나 학교에서는 아직 연인 사이라고 인정하고 있지 않고, 본인들도 공표를 하지는 않았지만 당신은 전부터 그 두 사람이 수상하다고 생각하고 있었던 것입니다. 그런 의심적은 생각이 공원 벤치에서 대화를 나누고 있는 두 사람의 모습에 반영되어 떠오른 것입니다.

그리고 거기에는 당신의 질투심도 포함되어 있습니다. 따라서 벤치의 두 사람 중 이성 쪽은 당신이 어느 정도 마음에 두고 있는 사람일지도 모릅니다.

[A4] 어떤 식으로 사람을 설득하나? → 짝사랑하고 있는 사람에게 어떻게 접근하나?

여기에는 당신 자신을 어필하는 방법이 반영되어 있습니다.

당신이 자기를 남에게 이해시킬 때, 어떻게 해야 내 편을 늘릴 수 있는지 그 방법이 나타나 있는 것입니다.

당신이 인생에 있어서 가장 절실한, 확실한 자기 어필이 꼭 필요한 짝사랑에 빠졌을 때, 가슴이 미어질 것 같은 짝사랑에 빠졌을 때 꼭 이 테스트를 떠올리고 실천해 보기 바랍니다.

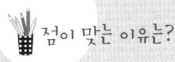

　혈액형이 AB형인 탓에 사람들로부터 늘 '역시!' 라는 말을 들으며 좋지 않은 일을 겪게 되는 F양.

　솔직히 말해서 혈액형에 대한 이런 습속을 전혀 무시할 수도 없습니다. 'AB형은 신경질적이다' 라는 말을 들으면 반발을 하면서도, 내심으론 '틀린 말도 아니야' 라고 느끼는 부분이 있습니다. 굳이 꼬집어서 이야기하자면 어떤 일에 집착하면서도 깔끔을 떠는 성격, 혈액형을 부정하면서도 완전히 부정하지 못하는 자신을 스스로도 답답하다고 생각합니다.

　실제로 여러 가지 점(占)들이 사라지지 않고 유행하고 있는 이유 중에는 '당신의 운세는 이렇습니다' 라거나 '당신의 성격은 이렇습니다' 라고 타인의 입을 통해서 들으면 어딘지 자신에게 해당되는 부분이 있는 것 같은 기분이 들게 하는 장치가 있기 때문입니다. 이와 같은 마음의 작용을 '특성의 자기 귀속' 이라고 부릅니다.

　고등학생을 대상으로 실험을 했습니다.

　우선 한 환자의 심리에 대해서 관찰한 기록을 그들에게 읽게 했습니다. 그리고 다음에 환자가 결국 자살했는지, 자살하지 않았는지 기록을 바탕으로 추측해 보라고 했습니다. 답에 대해서 실험자가 우수, 보통, 혹은 불가라는 평가를 내리는 것이 이 실험의 포인트인데, 나중에 그 학생들에게 '사실 지금 내린 평가는 엉터리였다' 고 말해 줍니다. 실험의 참된 목적은 평가가 엉터리였다는 사실을 알게 한 다음, 학생들 자신에 대한 평가가 어떻게 변화하는지를 조사하는 것에 있습니다.

엉터리라는 사실을 알기 전에는 우수하다는 평가를 받은 사람이 '내게는 능력이 있다' 고 평가할 것이라는 사실은 쉽게 짐작할 수 있습니다. 불가 평가를 받은 사람이 '능력이 없다' 고 자신을 평가하듯이 말입니다.

그런데 엉터리였다는 사실을 알게 된 뒤에도 우수하다는 평가를 받았던 사람들은 변함없이 '판단 능력이 있다' 고 느끼고 있으며, 불가라는 평가를 받았던 사람들도 마찬가지로 '역시 내게는 능력이 없어' 라고 생각한다는 사실을 알게 되었습니다. 즉, 그만큼 타인의 평가를 자기에게 귀속시키는 심리가 강한 것입니다.

왜 자기 귀속이 작용하는가 하면, 사람은 타인으로부터 어떤 평가를 받았을 때 그 평가에 해당하는 과거의 경험을 기억 속에서 찾아내어 그 말을 증명하기 때문입니다.

'AB형이기 때문에 신경질적이다' 라는 평가를 들으면 조금 신경질적인 태도를 보였을 때의 기억을 끌어와 '그럴지도 모른다'라고 느끼게 됩니다. '애정 운이 나쁘다' 는 말을 들으면, 누구에게나 실연에 대한 조그만 기억은 있는 법이기 때문에 자신도 모르게 '맞는다' 고 생각하게 되는 것입니다.

Part 3
특이한 공간 설정을 통해 심리 읽기

나비가 날고 있는 꽃밭

[Q] 꽃밭에서 나비가 날고 있습니다. 그 나비는 어떤 꽃에 어떤 순서로

날아 앉을까요?

①   ②   ③   ④   ⑤

이 테스트는 꽃의 키나 크기에 당신의 심리가 투영되는 그런 테스트입니다. 꽃에 앉는 순서뿐만 아니라 나는 방법에도 여러 가지가 있을 것입니다.

팔랑팔랑 날고 있는 나비는 고민거리를 가지고 있는 당신 자신이며, 달콤한 꿀을 담고 있는 꽃에 내려앉는다는 것은 조금이나마 고민거리를 덜어 편안해지고 싶은 당신의 소망입니다.

당신이 상상한 나비는 어떤 식으로 날고 있습니까?

[A] 당신이 고민거리를 털어놓고 이야기하는 사람들의 순서는 어떻습니까?

① 선생님이나 상사

키가 가장 큰 꽃은 가장 높이 날아야 하기 때문에 당신에게 가장 힘든 곳이기는 하지만 일단 한 번 앉으면 천천히 꿀을 빨아먹을 수 있는 장소, 즉 당신의 상사나 선생님입니다.

고민거리를 당신 주위에 있는, 당신보다 더 힘을 가지고 있는 사람에게 털어놓는 편이 가장 좋겠지만, 그러려면 약간의 용기가 필요합니다.

키가 큰 꽃은 그런 당신의 기분을 반영하고 있습니다.

② 친구

낮은 위치에 여러 송이의 꽃이 피어 있습니다. 이것은 당신과 같은 위치에 있으면서 숫자도 많은 것, 즉 친구를 나타내는 것입니다.

크기도 작고, 키도 크지 않지만 제일 즐거워 보이는 분위기를 가지고 있는 친구에게 가장 먼저 날아간 사람도 상당히 많겠지요.

고민거리란 어차피 자기 스스로 해결해야 하는 법. 그렇다면 역시 당신과 비슷한 또래의 친구를 찾아가는 것이 가장 빠른 방법일지도 모르겠습니다.

③ 선배

약간 미묘한 위치에 있는, 키가 크지도 작지도 않은 이 꽃이 상징하는 것은 당신의 선배입니다.

상사나 선생님보다는 어렵지 않고, 친구보다는 의지가 되어 줄 수 있을 것 같은 그런 마음을 상징합니다.

어떤 생활을 하든 사회와 관계를 맺고 있는 한 당신에게도 곳곳에 '선배'가 되는 사람들이 있을 것입니다.

당신은 그중 어떤 사람에게 고민을 털어놓습니까?

④ 연인

가장 크고 묵직해 보이는 꽃.

당신에게 있어서 가장 중요한 위치에 있는 사람을 상징합니다.

연애를 하고 있는 당신에게 그것은 당연히 연인이겠지요.

　그런데 연인에게도 숨기고 싶은 그런 고민거리를 가지고 있는데, 하필이면 ④에 가장 먼저 내려앉았다면……?

　그것은 틀림없이 당신에게 또 다른 연인이 있다는 뜻입니다.

　연인 앞에서 이런 테스트의 결과를 들켜 버린 당신, 연인에게 어떻게 변명하시겠습니까?

　⑤ 가족

　연인보다 크지는 않지만 당신과 매우 밀접한 관계가 있는, 도저히 떨어질 수 없는 불가분한 관계, 즉 가족을 나타냅니다.

　그 사람이 부모인지 형제인지는 당신의 가족과의 관계에 따라서 달라질 것입니다.

　남자 중에는 나이를 먹을 만큼 먹었으면서도 어머니 곁을 떠나지 못하는 마마보이가 많으니, 만약 당신의 애인이 ⑤에 맨 처음 앉았다면 조금 세밀히 관찰해 볼 필요가 있겠지요.

　당신의 고민거리는 대체 어떤 것입니까?

　어쨌든 빨리 해결하는 것이 가장 좋을 것입니다.

버스에서 보는 세상

[Q1] 버스를 타고 나서 뒤늦게 버스를 잘못 탔다는 사실을 깨달았습니다. 지금 당신의 심정은 어떻습니까?

[Q2] 버스에 탄 뒤 잘못 탔다는 사실을 알게 되기까지 몇 개의 신호등을 지나쳤습니까?

[Q3] 버스 안에 아이가 타고 있습니다. 그 아이를 보고 느낀 점을 말해 보십시오.

[Q4] 버스가 종점에 도착했습니다. 그곳은 어떤 곳입니까?

[Q5] 당신이 탔던 버스가 어떤 버스였는지를 설명해 보십시오.

늘 바쁘게 살아가지만, 때로는 버스를 타고 여유롭게 행선지를 향할 수도 있습니다. 이때 '버스'가 상징하고 있는 것은 당신의 여유로운 마음입니다. 놀이나 유흥에 대한 당신의 가벼운 마음을 상징하는 것입니다. '학교에 갈 때나 출근할 때 매일 버스를 타지만 좀처럼 그런 기분은 들지 않더라'고 말하는 사람은 연인 몰래 바람을 피울 때도 즐긴다는 마음보다는 진짜 연애를 해 버리는 사람일지도 모릅니다.

[A1] 잘못 탔다는 사실을 깨달았을 때의 기분은? → 바람을 피울 때의 기분.

당신이 잘못을 깨달았을 때의 기분을 나타냅니다.

길을 서두르고 있을 때일수록, 즉 당신이 '진정한 사랑'이라고 생각하는 연애에 빠져 있을 때일수록 '아차!' 하는 탄성이 터져 나올 것입니다. 바람을 피울 때는 "이런, 사고를 쳤군!" 하고 생각하는 동안에도 일은 점점 더 진행되어 버리고 마는 법입니다.

과감하게 '그래, 때로는 다른 길을 가 보는 것도 좋지' 하고 생각하는 사람은 언제나 흐름에 몸을 맡기는 사람입니다. 또 '이렇게 되어 버렸으니 발버둥 쳐 봐야 소용없어' 하고 한껏 그 상황을 즐기는 사람입니다.

좋게 말하면 '성숙한 어른'이라고 할 수 있겠지만, 이런 사람을 애인으로 둔 상대방은 참 곤란하겠지요.

[A2] 신호등이 몇 개 있었나? → 바람피운다는 사실을 몇 명에게 이야기 했는가?

당신에 대한 위험 신호이며, 누군가에게 토로함으로써 "바람피우는 짓은 그만둬!" 라고 말해 주기를 기다리고 있는 것입니다. 또한 이야기를 하면 할수록 상대방에게 알려질 가능성이 높다는 것을 의미하기도 합니다.

어쨌든 이 신호등의 숫자는 '마음의 적신호' 를 반영하고 있습니다. '내 사전에 신호 같은 건 하나도 없었다' 고 말하는 사람은, 그것이 좋은 것인지 나쁜 것인지는 몰라도 지금 현재는 바람피울 상대방을 향해 똑바로 돌진해 가고 있는 중일 것입니다. 그 앞에 무엇이 기다리고 있는지는 알 수 없지만…….

[A3] 아이를 본 느낌은? → 내 양심에 속삭이는 악마의 목소리.

아이는 당신의 양심의 상징입니다. 그리고 아이에 대한 기분은 당신의 마음속에 숨어 있는 악한의 목소리를 상징합니다.

'귀찮다' , '번거롭고 방해가 된다' 고 말하는 사람은 바람을 피우는 것에 대해서 일말의 양심의 가책도 느끼지 못하는 사람이며, '이렇게 즐거운데?' 하고 더 이상 따질 것이 없다고 생각하는 것입니다.

'즐거워 보인다' , '귀엽다' 고 말하는 사람은 역시 바람에 대해서 조금은 찜찜한 기분을 가지고 있는 사람입니다. 또 바람이라고 하는, 세상에 드러내기 떳떳하지 못한 연애에 조금은 실증이 난 것일지도 모릅니다.

그리고 다시 한 번 어린아이처럼 순수한 마음이 되어 사랑을 시작하고 싶다는 희망을 상징하기도 합니다.

[A4] 종점은 어떤 곳인가? → 바람에 대해서 당신이 가지고 있는 이미지.

바람피우는 당신이 종국적으로 가 닿을 곳이며, 당신이 '바람을 피우면 이렇게 된다' 고 막연히 품고 있는 이미지를 반영하고 있습니다.

거기에 이르기까지의 과정이 제아무리 즐거웠다 할지라도, 도달한 곳이 음습한 이미지를 지닌 곳이라면 당신은 역시 마음속으로 '바람은 좋지 않다' 고 생각하고 있는 것입니다.

반대로 도중에 여러 가지 해프닝이 있었지만, '그렇게 특이할 것도 없는 곳' 에 도착했다면, '바람을 피우기는 하지만 결국에는 조강지처한테 돌아가야 한다' 고 생각하고 있는 것입니다.

당신은 어떤 선택을 했습니까?

만약 당신이 '주지육림의 할렘 같은 곳' 이라고 답했다면……그땐 저도 모르겠습니다. 마음대로 생각하기 바랍니다.

[A6] 버스는 어떤 버스였나요? → 당신이 바람을 피우게 되는 상대방의 이미지.

버스는 자신의 운명을 의탁하고 있는 것이며, 즉 바람피우는 당신의 상대방입니다.

제아무리 허름한 버스에 탔다 할지라도 한 번 탄 이상 당신은 어떤 운명이라도 그 버스와 함께해야 합니다. 물론 다음 정거장에서 바로 내리는 방법도 있긴 하지만…….

가능하면 멋진 버스에 올라타기를. 버스를 선택하는 기준은 사람의 취향에 따라 제각각일 테니, 스스로 만족한다면 그것으로 그만이라고 말할 수도 있겠지요.

제과점에서의 구매 행위

[Q1] 당신은 지금 제과점에 있습니다. 제과점 점원은 어떤 사람입니까?

[Q2] 문득 쳐다보니 당신이 좋아하는 빵을 산 사람이 있습니다. 어떤 사람입니까?

[Q3] 당신이 좋아하는 빵은 어떤 것입니까? 그 이유를 말해 보십시오.

[Q4] 점원이 '덤'을 주었습니다. 그것이 좋은가요, 싫은가요? 그리고 몇
개를 받았습니까?

빵은 생명의 양식이며, 매우 신성한 것을 상징합니다.

'제과점'이라고 하면 가벼운 상황 설정으로 보일 테지만 결코 그렇지 않습니다. 제과점은 생명의 양식을 상징하는, 즉 급여를 주는 사람, 다시 말해 직장의 상사가 되는 것입니다.

[A1] 제과점 점원은 어떤 사람인가? → 당신이 좋아하는 상사의 타입.

제과점의 점원은 당신의 이상적인 상사를 상징합니다. 이런 사람이 팔았으면 좋겠다고 하는 것은 곧 이런 상사가 좋다는 당신의 소망이 반영되어 있는 것입니다.

별로 깊이 생각하지 않고 '멋있는 사람'이라거나 '부드러운 사람' 따위로 추상적인 답을 하는 사람은 틀림없이 구체적인 소망이 없는 사람이며, 상사 같은 건 아무래도 좋다고 대수롭지 않게 생각하는 것입니다.

반대로, 아주 구체적으로 답한 사람은 이상형이 주변에 있거나, 반대로 주변에 있는 것은 한심한 사람들뿐이므로, 이런 사람이 좀 있었으면 하고 바라고 있는 것입니다.

어떻습니까? 뭔가 짐작되는 것이 있습니까?

[A2] 당신이 좋아하는 빵을 산 사람은? → 당신이 존경하는 직장 상사의 타입.

당신이 좋아하는 빵을 산 사람이니 당연히 당신이 존경하는 사람입니다.

만약 싫어하는 사람의 이름을 썼다 할지라도, 당신은 틀림없이 마음 한구석으로 그 사람을 인정하고 있는 부분이 있는 것입니다.

예를 들어 성격이 좋지 않은 상사라 할지라도, 이 일은 저 사람이 아니면 할 수 없다고 생각하고 있는 것입니다.

어쨌든 누군가의 뛰어난 부분을 인정하는 것은 매우 중요한 일이며, 뜻밖의 답이었다 해도 그 사람에 대해서 다시 한 번 생각해 보기 바랍니다. 틀림없이 뭔가 뛰어나다고 인정할 부분이 있을 것입니다.

실제로 이름을 쓴 사람이 친구나 연인처럼 직장 사람이 아니더라도, 당신이 생각했던 타입이 직장 상사였으면 좋겠다고 마음속 어딘가에서 생각하고 있는 것입니다.

[A3] 좋아하는 빵은 어떤 것이고, 그 이유는? → 당신이 그 사람을 좋아하는 이유.

빵이 '크고 배부른 것' 이라면 그 사람은 당신을 어떻게든 만족시켜 줄 사람입니다. 한번 생각해 보세요. 그 사람은 당신에게 유익한 사람이 아닙니까?

만약 '달콤하고 부드러운 것' 이라면 당신에게 다정다감하고 당신이 의지할 수 있는 사람일 것입니다.

물론 이런 생각을 하면서 제과점에 머물러 있다 보면 당신의 취향이 바뀔지도 모르겠지만…….

[A4] '덤'은 어떤 빵을 몇 개를 받았는가? → 당신이 존경하는 사람, 혹은 무시하고 있는 상사의 숫자.

제과점 점원한테서 덤으로 받은 빵은 상대방이 호의로 준 것이라고는 하지만, 반드시 당신이 좋아하는 빵이라고 할 수는 없습니다. 단 것을 싫어하는데 크림빵을 넣어 주기도 하고, 과일은 별로 좋아하지 않는데 건포도 빵을 주기도 합니다.

여기에 당신이 좋아하는 사람과 싫어하는 사람이 반영되어 있습니다.

'별로 좋아하지도 싫어하지도 않는 빵이 남아서 여러 개 받았다'고 답한 사람은, 직장 상사를 좋아하지도 싫어하지도 않는 것이며 특별히 존경하고 있지도 않은 것입니다.

'남은 것'이라는 부정적인 이미지는 싫다는 감정이라기보다는 오히려 무시하는 쪽에 가까운 것입니다. '겨우 몇 살 위라고 거들먹거리기는……' 하는 정도의 반항심이 깃들어 있는지도 모르겠습니다.

어떻습니까? 이런 테스트 결과를 상대방도 알 수 있게끔 그 상사의 책상 위에 슬쩍 올려놓으면 그 사람도, '이런 사람들이 호감을 얻는 것이구나' 하고 생각을 바꾸게 될지도 모르잖아요?

물론 그 사람이 '앗, 이건 내 얘기잖아?' 하고 오히려 화를 낸다면 어쩔 도리가 없겠지만!

화산 대폭발

[Q1] 화산이 폭발했습니다. 과연 어떤 식으로 폭발했을까요?

[Q2] 당신이 싫어하는 사람이 폭발로 날아온 돌에 맞았습니다. 어떤 생각이 드나요?

[Q3] 화산재는 어떤 식으로 떨어지고 있습니까?

[Q4] 화산이 폭발한 것을 보고 사람들은 무슨 말을 하고 있습니까?

분화하는 화산은 대지의 분노를 상징하며, 그 분노를 상상한다는 것은 말 그대로 당신 스스로의 감정적인 폭발, 즉 화를 내는 것을 말합니다.

[A1] 화산은 어떤 식으로 폭발했나? → 당신은 어떻게 화를 내는가?

당신은 화가 날 때 어떻게, 어떤 과정을 거쳐서 어느 정도 화를 내고 있는지를 잘 나타내고 있습니다.

서서히 화를 내는 사람.

벌컥 화를 내는 사람.

용암이나 돌을 날리면서 주위 사람들에게 커다란 피해를 주는 사람.

그리고 화산이 어느 정도 분화하고 있는지도 생각해 보십시오.

단번에 큰 폭발을 한 다음에 조용해졌습니까? 아니면 1개월이고 2개월이고 부글부글 분화를 계속합니까? 이쯤 되면 답을 짐작하겠지요? 오랫동안 분화할수록 당신은 화를 오래 내는 사람입니다. 1개월이고 2개월이고 계속해서 분화를 한다면 집착이 강한 사람으로서, 남의 미움을 받을 수도 있겠지요.

[A2] 자기가 싫어하는 사람이 돌에 맞으면 어떤 생각이 드는가? → 사람을 때렸을 때 드는 생각.

폭발로 날아든 돌이 상징하고 있는 것은 당신의 주먹(여자라면 손바닥일지 모르겠지만)이며, 사람을 때릴 때 당신은 어떤 기분으로 때립니까?

대부분의 사람들은 피가 머리까지 솟구쳐 올라 '자신도 모르게 주먹을 휘두른다'는 식으로 앞뒤를 가리지 못하는 심리 상태에 놓이게 됩니다.

화산의 파편으로 튀어나온 돌도 상황 설정에 의한 것이기 때문에 당신이 싫어하는 사람이 진짜로 맞은 것은 아닙니다. 당신 스스로가 '그 녀석이 맞았으면 좋겠다'고 무의식적으로 바라고 있는 사람에게 날아간 것입니다.

물론 그것은 당신도 깨닫지 못한 채 하는 것이기 때문에 소극적인 사람이나 마음이 약한 사람은 '아, 아프겠다. 괜찮을까?'라고 생각할 것이고, 평소 이런 일에 둔한 사람이라면 '그 정도는 상관없어'라고 대수롭지 않게 말할 것입니다.

[A3] 화산재는 어떤 식으로 떨어지는가? → 당신은 어떻게 우는가?

화산재는 무엇을 상징하는 것일까요?

화산재는 분화가 있으면 반드시 뒤이어 발생하는 화산재에 의한 피해, 즉 당신 감정의 기복에 반드시 따라붙기 마련인 눈물을 의미합니다.

기쁠 때나 슬플 때, 혹은 괴로울 때, 인간은 감정이 흔들릴 때마다 눈물을 흘립니다.

이것은 감정이 북받쳐 올랐을 때 당신이 어떻게 우는지를 보여 주는 것입니다. 화산재가 어떻게 떨어지는가 하는 것은 당신이 어떻게 우는가를 말해 주며, 즉 당신의 감정이 어떻게 북받쳐 오르는가를 나타내는 것이라고 해도 좋겠습니다.

[A4] 주위 사람들은 어떻게 말하나? → 화를 내는 당신에 대한 주변의 반응.

화를 내는 당신을 보고 사람들이 어떻게 생각하고 있는지를 상징합니다. '무섭다' 고 생각하면서도 '굉장한 피해' 라고 말하는 사람이 있지는 않습니까?

그런 당신은 일시적인 감정에 패배하여 화를 내 봐야 다른 사람들이 바보 같다고 생각할지도 모른다는 부담감을 가지고 있는 사람입니다.

자기 감정을 쓸데없이 겉으로 드러내는 것은 성숙한 인간이 취할 만한 행동이 아니라고 생각하는 것이지요.

벽이 하얀 건물

[Q] 벽이 하얀 건물이 있습니다. 그 건물의 크기는 얼마만하여 어떤 형태의 건물인지 그림으로 그려 보고 거기에 원하는 만큼 창을 그려 넣어 보십시오.

[A] 창의 크기나 숫자는 당신의 '고민'을 나타냅니다.

또 당신이 상상한 건물은 당신의 '일탈 소망'을 나타냅니다. 즉, 당신은 도망치려고 준비하고 있는 것입니다.

건물에 난 창문의 크기로 당신의 달아나고 싶은 마음의 크기를 알 수 있습니다.

즉, 커다란 건물일수록 커다란 사람(아마도 부모)의 품에서 벗어나고 싶다는 소망이 강한 사람이라고 할 수 있습니다. 이런 사람은 틀림없이 무슨 일이 있으면 곧바로 '다 싫다!'고 말해 버리는 그런 사람입니다.

반대로 건물이 작으면 그렇게 드러내 놓고 나약한 모습을 보이지 않는 사람입니다. 언제나 현실을 직시하고 할 수 있는 일과 할 수 없는 일을 구별해서 생각하는 사람입니다.

그런데 거기에 창문이 더해지면 어떻게 될까요?

건물이 크다고 해도 창이 작고 적다면 그렇게 심각한 고민을 품고 있는 사람이라고는 단정할 수 없습니다. 약간의 고민거리를 가지고 있을 것입니다. 게다가 그런 사람에게는 근심이 없기 때문에 건물이 커진 것입니다.

반대로 건물은 작지만 커다란 창문이 한가운데 있는 사람은 마음속에 커다란 고뇌를 품고 진지하게 고민하고 있는 사람입니다.

새로운 교실 풍경

[Q] 당신이 만화영화에 나오는 사람들만 다니는 학교로 전학을 갔습니다. 당신에게 맨 먼저 말을 건 사람은 누구입니까?

[A] 당신이 미래에 결혼할 사람의 타입.

당신은 학창시절에 전학을 해본 경험이 있습니까?

전학이란 누구한테나 매우 불안한 것으로써, 지금까지 사이가 좋았던 친구와 헤어져 새로운 환경을 접해야 하고, 친구는 또 어떻게 사귈까 하는 생각에 울고 싶은 기분이 들게 마련입니다.

여기서 당신이 선택하고 싶은 것은 만화영화에 등장하는 인물이며, 대답은 '당신이 장래에 결혼하고 싶은 타입의 사람' 이지만, 단정적으로 '이성' 을 선택하라고는 하지 않겠습니다.

왜냐하면 이 테스트에서 이끌어 낼 수 있는 것은 '당신과 가장 궁합이 잘 맞는 사람' 이기 때문입니다.

남자 중에도 여성스러운 사람이 있는가 하면, 또 그런 사람을 좋아하는 사람도 있습니다. 따라서 동성을 선택한 사람은 여성스러운 남자, 혹은 남성스러운 여자들인 것입니다. 어쩌면 당신의 성격이 자신의 성별과는 너무 어울리지 않기 때문에 파트너로 반대가 되는 사람을 선택할 수도 있을 것입니다.

그렇다면 당신이 선택한 것은 과연 어떤 사람입니까?

울트라 맨이나 가면 라이더와 같은 정의의 사자, 아니면 도라에몽이나 치비 마루코 짱처럼 마음이 따뜻해지는 사람입니까?

여기서 알 수 있는 또 하나의 사실은 당신의 성격 그 자체입니다. '만화영화에 등장하는 인물' 이라는 비현실적인 캐릭터를 상상함으로 해서 당신 스스로도 객관적으로 자신을 볼 수 있게 됩니다. 예를 들어서 로봇이 등장하는 SF 액션과 같은 이야기 속의 인물이라면 당신은 몽상에 빠지기 쉬운 사람입니다. 그런 식으로 파란만장한 인생을 보내고 싶다는 것이겠지요. 하지만 이런 타입의 사람들은 발을 한 발짝만 잘못 들여놓아도 한없이 그 길로 빠져드는 경향이 있으니 스스로 자신에 대해서 너무 깊이 생각하지 말도록 합시다.

반대로 '명작동화'라고 부를 만한, 유서 깊은 이야기(예를 들자면 알프스 소녀 하이디나, 프란다스의 개 등) 속의 인물이라고 답한 사람은 자부심이 매우 강한 사람입니다. 자신에 대해서도 아주 높이 평가하고 있기 때문에 누구와 견주어도 자기가 더 뛰어나다고 생각하는 사람입니다. 그런 오만함이 '제대로 된 이야기'를 선택하게 한 것이지요. 이런 사람들은 결혼 상대방으로 매우 평범한 사람을 선택했을지도 모릅니다. 왜냐하면 항상 '나는 높은 평가를 얻고 싶다'고 바라고 있기 때문에 자신을 끊임없이 칭찬해 주는 파트너가 필요하기 때문입니다.

어땠습니까? 당신 자신에게 꼭 맞을 것 같은 파트너를 찾았습니까? '에이, 이런 사람은 안 좋아해'라고 하기보다는 먼저 자신을 바꾸려고 노력해 보기 바랍니다.

그 사람을 선택한 것은 무의식 속의 당신 자신이니까요.

[A] 당신이 예전에 가장 좋아했던 사람.

병에 걸리면 마음이 약해지는 법. 특히 혼자서 생활하고 있는 사람에게는 참으로 괴로운 시간입니다. 자기 혼자만 남겨진 것 같은 느낌, 세상에 이렇게 많은 사람들이 있지만 자기 주위에는 아무도 없는 것 같은……. 게다가 몸이 아파서 자리에서 일어날 수도 없는 상황이니 이처럼 괴로운 일도 없을 것입니다.

그런 상황 속에서 당신이 떠올리는 사람은, 당신이 과거에 가장 좋아했던 사람일 것입니다. 그 사람과의 일이 아무리 오래 전의 일이라 할지라도 당신은 여전히 그 사람과의 과거를 잊지 못하고 있는 것입니다.

물론 지금 사귀고 있는 사람을 떠올렸다면, 지난날의 일은 깨끗이 잊고 지금의 연인에게 푹 **빠져** 있는 사람(이 테스트를 해보다 안도의 한숨을 내쉰 사람도 있지 않을까요?)이겠죠?

당신 마음속에는 과연 어떤 사람이 머물고 있는 것일까요?

이 테스트는 '……는 누구입니까?' 라는 질문에 대한 답이 아니기 때문에, 틀림없이 추상적인 이미지로 대답한 사람들이 많을 것입니다. '키가 크고 몸이 다부진 사람' 이라거나 '안경을 낀, 다정해 보이는 사람' 등 잘 생각해 보기 바랍니다. 당신의 과거 중에서 그런 이미지를 가지고 있는 사람은 누구입니까?

틀림없이 떠오르는 사람이 있을 것입니다. 당신은 아직도 그 사람을 잊지 못하고 있는 것입니다.

　설령 '그럴 리 없어! 지금은 이 사람을 죽을 만큼 사랑하고 있는데……' 라고 말하는 사람이 있다 할지라도, 그것은 표면적인 것일 뿐 마음속 깊은 곳에는 그 사람의 사소한 몸짓이나 다정하게 해 주었던 추억들이 뚜렷하게 각인되어 있습니다. 바로 그렇기 때문에 당신이 가장 괴로운, 가장 외로운 상황에서 그 사람을 떠올리는 것입니다.

　하지만 추억이라는 것은 언제나 미화되는 법.

　이 테스트를 하고 난 다음, '난 역시 그 사람을 잊을 수가 없어'라며 심각하게 받아들여서 결국에는 지금의 연인과 헤어지게 되는 그런 상황까지 가지 않도록 주의하기 바랍니다.

　지금의 연인과 헤어져 예전의 연인과 관계를 회복한다 할지라도, 또 다른 사람이 당신 마음속에 살게 될지도 모를 일입니다.

몇 살 정도나 되어 보이고, 무슨 일을 할 수 있을 것 같은가요?

또 어떤 문명을 가진 별에서 온 사람입니까?

…… 자, 어떻습니까?

당신에게 부족한 것이 무엇인지, 당신은 대체 어떤 사람이 되고 싶은 것인지 조금씩 보이기 시작하지 않습니까?

이와 같은 테스트에서 중요한 것은 답을 상세하게 끝까지 생각해야 한다는 점입니다.

처음에는 너무 막연해서 생각하기도 힘들지 모르겠지만, 머리를 텅 비운 상태에서 무엇이든 좋으니 떠오르는 생각을 그때그때 말해 보십시오. 전혀 뜻밖의 곳에서 당신 자신을 이끌어낼 키워드를 발견할 수 있을지도 모르니까요.

친구의 마음을 읽을 때도 마찬가지입니다. 친구에게 광범위한 문제들을 차례차례 던져서 그 친구의 인격 형성에 도움을 주기 바랍니다. 거기서부터 당신이 상상하지도 못했던 친구의 또 다른 모습이 떠오를지도 모릅니다.

서로의 참된 모습을 인식할 수 있다면 앞으로 어떻게 해 나가면 되는지를 생각할 수 있기 때문에 틀림없이 서로에게 도움이 될 것입니다.

문 너머에는…

[Q] 다른 세계로 통하는 문이 다섯 개 있습니다. 각각의 문을 열면 ①중국 ②프랑스 ③이탈리아 ④인도 ⑤한국의 풍경이 펼쳐져 있고, 그 안에는 낯선 이성이 서 있습니다. 그 사람은 누구일까요? 다섯 명의 이름을 말해 보십시오.

음료라는 말을 듣고 바로 떠올리는 것은 무엇입니까?

콜라나 주스, 커피 아니면 그냥 물입니까? 그냥 물이라 할지라도 'ㅇㅇ암반수'와 같이 이름이 있는 것을 떠올리는 사람도 있지 않을까요?

'물'이나 '물 같은 것(즉, 음료)'은 성적인 것의 상징입니다. 마신다는 행위는 성적인 것을 받아들이는 것이기 때문에 이는 섹스의 상징입니다. 그렇다면 당신은 어떤 섹스를 좋아할까요?

[A1] 어떤 맛이 나는 음료? → 좋아하는 섹스 타입.

말 그대로 당신이 바라는 섹스를 나타냅니다.

'물'이라고 대답했다고 해서 담백한 사람이라고는 할 수 없습니다. '물은 마신다'는 행위의 가장 기본이 되는 것이기 때문에, 기본적인 방법을 충실하게 해 나가는 것이 당신의 취향입니다.

'셰이크'나 '생과일 주스'처럼 끈적끈적한 것이라고 대답한 사람은 말할 것도 없이 진한 섹스를 좋아하는 사람이겠지요. 하지만 이런 음료들은 '차갑다'는 이미지와 '조금 시큼하다'는 이미지도 함께 가지고 있으니 틀림없이 남들에게는 그렇게 보이고 싶지 않다는 소망도 함께 가지고 있는 것입니다. 당신과 처음으로 섹스를 한 연인은 당신이 의외로 '진한' 사람이라는 사실을 알고 조금 놀랄지도 모릅니다.

[A2] 어떻게 마시나? → 섹스하기까지의 과정.

이것은 음료 마시는 법을 상상해 봄으로써 당신이 이성과의 섹스에 이르기까지의 과정을 나타내는 것입니다.

'단번에 마셔 버리는 사람'은 거칠 것 없이 단번에 섹스를 해 버리는 사람.

앞서 뜨거운 음료를 선택했기에 단번에 마실 수 없었던 사람은, 자신이 뜨거운 사람이라는 사실을 조금씩 알게 해 나가면서 상대방과 사귀는 그런 사람입니다. 자신이 뜨거운 만큼 더욱 주의를 기울이고 있는 것일지도 모릅니다.

[A3] 몇 잔 정도 마실 수 있나? → 하룻밤에 할 수 있는 섹스 횟수.

당신이 하룻밤에 할 수 있는 섹스 횟수를 나타냅니다.

'한 번에 그렇게 많이 마시지는 못해'라고 말하는 사람은 틀림없이 섹스도 그렇게 많이 바라지 않는 사람일 테고, '마실 수만 있다면, 이 정도쯤이야'라고 말하는 사람은 '지금은 이 정도밖에 섹스를 못하지만 몇 번 정도는 더 하고 싶어'라고 생각하는 사람입니다.

[A4] 한 잔 더 마신다면 어떤 음료? → 바람을 피운다면 이런 사람과.

'한 잔 더 마신다면 어떤 음료를?'이라는 질문은 당신이 어떤니다. 상대방에게 방해만 되지 않는다면 이처럼 즐거운 사람을 한두 명 정도는 곁에 두는 것도 좋겠지요.

④ 인도는 어딘지 모르게 신비롭고 이상한 분위기를 가진 사람을 상징합니다.

당신은 그 사람에게 매우 흥미가 있어서 짧게나마 그 사람을 들여다보고 싶다고 생각하는 것입니다.

하지만 당신은 그 사람과 오래 사귀고 싶은 마음은 없는 것입니다. 신비롭고, 그 사람에 대해서 잘 모르겠다고 생각하고 있는 것인 만큼, 당신의 마음이 이미 약간은 불안정한 상태에 있기 때문에 한 걸음 더 앞으로 나아가지는 못하는 것입니다.

이는 그 사람에게 그만큼 '성적 매력'이 있다는 것을 의미하며, 어쩌면 당신은 그런 사람 때문에 위험한 상태에 빠지게 될지도 모릅니다.

⑤ 한국은 당신이 살고 있는 아주 편안하고 안심할 수 있는 장소입니다. 당신은 그 사람과 깊이 사귀고 싶다고 생각하는 것입니다.

'뭐? 그런 사람과…?' 라고 생각할지도 모르겠지만, 당신이 가장 편안하게 느끼고 안심할 수 있는 사람은 바로 이런 타입의 사람입니다.

그림 속의 떡만 바라보지 말고 그런 사람에 대해서 잘 생각해 보기 바랍니다. 왠지 여유롭고 즐거운 기분을 갖게 하는 사람 아 닙니까? 남들이 뭐라고 하든 행복을 잡는 것은 당신 자신이며, 당 신이 생각하고 있는 멋진 사람과 맺어지도록 하십시오.

당신의 연애 상대는 어떤 사람들이었습니까?
이 테스트가 당신의 행복을 잡는 계기가 되길 바랍니다.

이것은 사랑의 단계 A · B · C를 나타냅니다.

[A1] 하다못해 ○○○○○

'하다못해' 라는 말은 당신의 기대감입니다.

무엇인가를 기대하고 있었기 때문에, 그것이 이루어지지 않았을 때 한 단계 밑이어도 상관없으니 무엇인가……라고 생각하는 것입니다.

그런 애달픈 마음을 연애에 대입해 보면, 당신이 기대한 것 중에서 가장 순위가 낮은 것은 키스입니다. 연인과 첫 키스를 했을 때의 기분을 그대로 나타낸 것입니다.

'하다못해 오늘밤만' 이라고 대답한 사람은 '키스는 오늘밤만' 이라고 말한 것이 되는데, 이것은 물론 오늘밤만 키스를 허락하겠다는 것이 아니라, 오늘밤은 키스로도 만족하겠다는 뜻이 될 것입니다.

사이좋은 두 사람의 모습이 보이는 듯한 대답입니다.

[A2] 지금까지는 ○○○○○

'여기까지' 라는 말은 당신의 마지노선을 나타내는 것입니다.

키스를 하면 그 다음을 기대하는 것이 당연한 것이지만, 처음 관계를 맺는 두 사람이 마지막 선을 넘기가 그렇게 쉬운 것이 아니죠. 용기를 내어 도전해 보았으나, 당신이 허락할 수 있는 것은 여기까지라고 할 때의 기분을 나타낸 것입니다.

'여기까지는 괜찮지만' 이라는 것은 너무나도 직접적인 대답이죠. 만약 두 사람의 사이가 권태기를 맞이한 것 같다면 이 테스트를 통해서, 아무래도 섹스까지는 다다를 수 없었던 당시의 순수했던 마음을 떠올려 보는 것은 어떻겠습니까?

[A3] 전부 ○○○○○

'전부' 라는 말이 나타내는 것은 말 그대로 당신의 전부임을 나타냅니다. 당신이 처음으로 몸을 허락했을 때의 기분입니다.

'전부 먹고 싶다' 고 말하는 사람은 섹스할 때 상대방을 너무 사랑스럽다고 생각한 나머지 '먹어 버리고 싶을 정도로 좋다' 고 생각하는 것입니다. 언제까지든 이런 마음을 소중히 간직한 채 사랑을 지속해 나갈 수 있다면 더할 나위 없이 행복할 것입니다.

어떻습니까? 당신의 '그리운 시절' 의 소중한 추억을 떠올리게 하는 그런 테스트 아니었습니까?

'저런 사람과는 안 된다'고 참견을 하기만 하면 자신들의 사랑을 방해하려 한다는 원망과 부모님에 대한 반발심이 하나로 뒤섞여 얘기가 복잡해지는 것입니다.

반대에 부딪치게 되면 반발심이 강해지기 때문에 오히려 둘의 관계를 더욱 강하게 만들려고 합니다. 이것은 '리액턴스(Reactance : 저항)이론'이라고 불리는 심리로, '절대 그 말은 듣지 않겠어. 반드시 결혼하고 말 거야'라는 생각을 갖게 되는 것입니다.

이렇게 되면 사랑을 이루고 말겠다는 목표 때문에 부모님에 대한 반발심이 더 강해지게 됩니다.

그러나 반발심만이 그 이유라고는 할 수 없습니다.

부모의 반대를 받게 되면 두 사람은 화를 내든, 한탄을 하든 감정이 격해지게 됩니다. 이 감정의 흥분이 원래는 아무런 관계도 없는 연애 감정까지도 흥분을 하게 만듭니다. 그 때문에 서로간의 유대감이 더욱 강해지는 그런 심리까지 가세하게 되는 것입니다.

흔히 '사랑은 맹목적'이라고들 합니다. 어쨌든 '로미오'와 '줄리엣'에게 있어서 무턱대고 반대를 한다는 것은 오히려 정열을 불태우게 만드는 계기가 된다는 사실만은 틀림없는 결론일 것입니다.

Part 4
꿈속에서 마음과 놀기

189

보석이 반짝반짝 빛나는 것은 당신이 자기주장을 하는 모습입니다. 보석이 크면 클수록, 또 가치가 있는 것(루비보다는 다이아몬드 식으로)일수록 당신의 자아나 자기주장이 강한 것을 상징합니다.

상상의 세계라고 해서 본 적도 없는 멋진 보석을 떠올리는 사람은 없을까요? 그런 사람들은 지구가 자기 자신을 중심으로 돌고 있다고 생각하는 사람들입니다. 주변의 친구들이 그런 당신 때문에 힘들어 하고 있을지도 모릅니다.

[A1] 브로치는 얼마짜리? → 당신은 얼마나 자기중심적인가?

이 테스트는 당신의 자기주장의 강도를 직접적으로 투영하고 있습니다.

단, 같은 1,000만 원이라 할지라도 겨우 1,000만 원이라는 생각과, 1,000만 원이나 한다고 생각하는 것에는 그 의미에 커다란 차이가 있으니 스스로 잘 생각해 보기 바랍니다.

반대로 보석이 박힌 것이라고까지 말했는데도 10~20만 원짜리 브로치라고 대답한 사람은 마음이 약한 사람이며, 자기중심적인 말을 하기는커녕 자신이 생각하고 있는 것조차도 말하지 못하고 있는 그런 사람입니다.

[A2] 몇 종류의 보석이 박혀 있는가? → 지금 자신만을 앞세우고 있는 일

의 숫자.

조그만 보석이 많이 달려 있는 사람은 잡다한 여러 가지 일에 고집을 부리고 있는 사람입니다.

간혹 이런 사람 있지 않습니까? 홍차밖에 없다고 하는데도 굳이 '커피가 먹고 싶다'거나, 'ㅇㅇ이 아니면 안 돼!'하는 사람. 큰 일에서는 고집을 피우지 않지만, 일상의 잡다한 불만을 하나 가득 품고 있는 사람들이 이런 대답을 할 것입니다.

반대로 '커다란 다이아몬드가 하나!'라고 대답한 사람은 무엇 하나라도 만족스럽지 못한 일이 있는 것입니다.

너무 자기만을 앞세우다 보면 언젠가는 자기가 그 고생을 하게 될 수도 있으니, 조심하기 바랍니다.

[A3] 브로치는 어떻게 됐나? → 사람들이 반격했을 때의 당신.

이것은 자기중심적인 당신이 남들한테 반격을 당했을 때의 기분을 나타냅니다.

기가 센 사람일수록 타인의 공격에는 의외로 약한 법입니다. 당신의 브로치가 흠집투성이가 되어 부서지지는 않았습니까?

'흠집 하나 나지 않았다'고 말하는 사람은 정말 기가 센 사람입니다.

또 '부서지긴 했지만 수리를 맡겼더니 전보다 더 예뻐졌다'고

과일을 싫어하는 여성은 없을 것입니다. 한두 가지 싫어하는 과일은 있을 수 있어도 대다수의 여성은 달콤하고 맛있는 과일을 좋아합니다.

심리학적으로 나무는 당신 자신을 나타내고, 과일은 당신의 꿈의 실현을 상징합니다. 달콤하고 맛있는 기분은 당신의 꿈을 나타내기에 더할 나위 없이 적절한 표현입니다. 좋아하는 과일을 생각하면서 당신은 자신도 모르게 '달콤하고 맛있는' 당신의 꿈을 투영하고 있는 것입니다.

[A1] 어떤 과일이 얼마 정도 열릴까? → 당신의 꿈에 대한 실현 정도.

당신의 꿈은 어떤 것인지, 당신의 그 꿈이 언제쯤 실현될 것이라고 생각하는지를 말합니다. 사과나 귤처럼 조금 상큼한 과일이라면 당신의 꿈도 상큼한 것, '이 사랑이 꼭 이루어지기를……' 처럼 사랑스런 것일지도 모릅니다.

[A2] 과일나무를 몇 그루나 심었는가? → 이루고 싶은 꿈의 숫자.

당신의 꿈의 숫자입니다.

되고 싶은 것, 장래의 꿈이 많은 사람은 많은 나무를 심었을 것입니다. 오로지 한 가지 꿈만을 뒤쫓는 사람이라면 한 그루만 심었겠지요. 나무를 많이 심었다고 해서 당신이 욕심쟁이가 되는 것은 아니니 오해 마십시오. 많은 꿈을 가지고 있다는 것은 그것만으로도 멋진 일입니다. 바라지 않는다면 어떤 꿈도 이루어질 리 없을 테니까요.

[A3] 과일을 따 먹는 친구가 뭐라고 말했는가? → 당신의 꿈에 대한 다른 사람의 평가.

당신의 꿈을 남들이 어떻게 평가하고 있는지를 나타내는 것입니다. 당신이 가꾸고 키운 과일이니 당신 자신은 사랑스럽고 맛있다고 생각하는 것이 당연합니다. 하지만 그것 역시 자기중심적인 시각으로 본 것이기 때문에 아무래도 과대평가라고 볼 수도 있습니다. 스스로도 그 사실을 잘 알고 있으며, 자신감이 조금 부족한 사람은 타인의 입을 빌려서 '별로 맛이 없다' 거나, '아직 덜 익었다' 라고 대답합니다.

'아주 맛있다' 고 말하는 사람에게는 아무런 문제가 없습니다. 당신의 꿈은 타인이 부러워할 만한 멋진 것입니다.

[A4] 새가 과일을 쪼고 있다면 어떻게 하겠는가? → 어려운 상황에 놓였을 때의 대처 방법.

새는 당신에게 일어나는 해프닝이나 어려움을 말합니다.

기껏 열린 열매를 쪼아 먹는 새들에게 당신은 어떤 생각을 품 당신은 동물을 길러 본 적이 있습니까? 사람과 달리 배신을 하지 않는 동물과 함께 있으면 왠지 마음이 편안해지는 것 같은, 온몸이 나른해지는 것 같은 그런 기분이 들지 않습니까?

아니면 정말로 동물이 싫어서 강아지나 새끼 고양이가 다가오기만 해도 도망쳐 버리는 사람도 분명 있을 것입니다.

동물 중에서도 특히 '개' 는 당신의 충실한 파트너입니다.

하지만 이 테스트에서는 '말을 잘 듣지 않는 개' 를 예로 들었기 때문에, 여기서는 좀처럼 뜻대로 되지 않는 당신의 파트너에 대한 태도입니다.

그렇다면 '뜻대로 되지 않아 조마조마한 것' 은 대체 어떤 상황일까요?

상대방이 내가 생각한 대로 행동을 취하지 않을 때, 뒤집어서 말하면 당신이 상대방의 결점을 발견했을 때가 아닐까요? 그렇습니다. 답은 바로 당신이 권태기를 맞았을 때의 기분입니다.

연인의 행동이 점점 밉게 보이거나, 늘 함께 하는 것에 익숙해진 나머지 '이게 아닌데' 하는 기분을 억제할 수 없을 때가 있습니다. 이럴 때 당신은 어떤 기분이 들고, 어떻게 행동하는지가 보여집니다.

'어쨌든 혼을 낸다. 재주를 익힐 때까지는 절대 다정하게 대해

주지 않는다'고 하는 사람은 상당히 과격한 사람입니다. 이런 사람은 권태기에 싸움이라도 하게 되면 지금까지 쌓여 있던 스트레스가 단번에 폭발하여 상대방이 먼저 고개를 숙여 오기 전까지는 절대로 물러서려 하지 않는 타입입니다. 적당히 해 두지 않으면 큰일을 당하게 될지도 모릅니다.

'몇 번이고 타이른다. 숙식을 함께 하면서 재주를 가르친다'고 하는 사람은 틀림없이 연애나 심지어는 평소의 인간관계에 있어서도 적극적인 사람이라고 할 수 있습니다.

권태기를 맞이해서도 '이런 일은 누구에게나 있는 거야'라는 다정한 마음으로 상대방을 대하며, '이 시기를 넘길 좋은 방법이 없을까?'하고 늘 방법을 찾습니다. 이런 사람들은 틀림없이 누구에게나 호감을 받는 다정다감한 사람일 것입니다. 하지만 그것에 대한 부담이 너무 커지지 않게끔 자신을 잘 조절하여 사귀기 바랍니다.

천사는 순수하고 때 묻지 않은 마음을 상징합니다. 당신이 속세의 때를 전부 벗어 버리고 진정으로 깨끗한 마음을 가졌을 때의 모습을 나타내는 것입니다.

따라서 그 모습이 설사 어린아이라 할지라도 그건 나쁜 것이 아닙니다. 당신이 그만큼 때 묻지 않은 마음을 가지고 있다는 증거입니다.

살다 보면 즐거운 일이나 기쁜 일만 있는 것은 아닙니다. 때로는 슬픈 일이나 힘든 일이 있어 당신의 마음에 상처를 주는 경우도 있을 것입니다.

하지만 그런 마이너스 이미지만을 품고 살아간다면 누구나 인생을 포기하고 싶어지는 법입니다. 인간의 마음이란 아주 편리한 것으로, 자신에게 사정이 좋지 않은 일이나 너무나 괴로웠던 일들은 잊어버리는 작용을 합니다. 따라서 당신도 지금까지 살아온 시간 속에 있었던 마이너스 이미지를 전부 품고 있는 것은 아닙니다.

설사 남아 있다 할지라도 '시간이 해결해 준다'는 속담처럼 그 마이너스 이미지가 점점 더 희미해져 가는 법입니다.

하지만 마음의 상처가 지워지지 않고 계속 남아 있는 경우가 있습니다. 이것을 트라우마(Trauma : 정신적 외상)라고 합니다. 이때의 마이너스 이미지를 증대시켜 계속 끌고 가면 이른바 '마음의 병'을 앓는 사람이 되고 맙니다.

그러나 그것은 그 사람의 마음 전체가 병드는 것이 아니라 트라우마가 암처럼 스트레스로 축적되어 결국에는 균형을 잃고 폭발하게 되는 것입니다. 마음에는 망각이라는 편리한 작용이 있는데, 이 얼마나 슬픈 일입니까?

이 테스트에서 당신이 대답한 천사가 나쁜 천사였다면 주의를 기울이기 바랍니다.

당신은 트라우마로 인해 마음의 균형이 무너져 가고 있습니다.

천사와 같은 마음을 간직하라고까지는 말하지 않겠지만, 나쁜 천사를 그대로 품고 있으면 당신 자신도 살아가는 것이 힘들어지게 됩니다.

만약 자신의 몸이 마이크로 사이즈로 작게, 아주 작게 변한다면…… 생각하는 것만으로도 가슴 설레는 설정입니다. 영화에서처럼 사람의 몸 안으로도 들어갈 수 있을 테니까요.

현실적으로는 전혀 불가능한 이야기입니다만, 테스트를 통해서 그런 세계를 즐겨 보기 바랍니다.

[A1] 마이크로 사이즈가 된 느낌은? → 당신이 부자가 되었을 때의 기분.

이것은 당신이 큰 부자가 되었을 때의 기분을 나타냅니다.

몸이 마이크로 사이즈로 줄어들었다. 사실 이것은 상상할 수 없을 정도로 굉장한 일입니다. 마찬가지로 현실 세계에서 가장 믿을 수 없는 '굉장한 일'이라면 바로 엄청난 부자가 되는 것일 테고요.

당신은 상상할 수 없을 정도의 세계에서, 놀라우면서도 매우 현실적인 것에 대한 답변을 하고 있는 것입니다.

[A2] 가장 먼저 무엇을? → 부자가 되었을 때 가장 먼저 하고 싶은 것.

엄청난 부자가 된 당신은 맨 먼저 무엇을 하고 싶습니까?

돈을 마음껏 써 보는 것은 당연한 일이니 그것은 차지하고라도, 정신적으로 어떤 일을 먼저 할지 구체적인 형태가 되어 나타날 것입니다. 평소 밉살맞다고 생각했던 사람을 괴롭히기도 하고,

누군가의 몸속으로 들어가 병을 고쳐 주기도 하고…….

가능하다면 자신에게 도움이 되는 일을 하는 편이 현명하리라 생각합니다.

[A3] 당신을 밟아 버리려는 사람은? → 부자가 되면 빌붙을 것 같은 사람.

부자가 된 당신을 위협하는 존재에 대해서 묻고 있습니다.

당신이 부자가 되면 바로 들러붙을 것 같은 사람을, 당신은 밟아 버릴 것 같다는 장면을 통해서 표출되는 것입니다.

흔히 있지 않습니까? 돈 냄새를 잘 맡는다고. 주위에서 좋은 일이 일어나면 하이에나처럼 모여드는 사람들 말입니다.

하지만 당신은 이미 훌륭한 부자이니 두려워 말고 당당하게 대처하기 바랍니다.

[A4] 원래 크기대로 되돌아갈 수 있는 약을 가지고 있는 사람은 누구?
→ 저 사람은 부자가 될 수 없다고 생각하고 있는 사람.

이 설정에서 원래의 크기로 되돌아간다는 것은 현실적이고 매우 재미없는 일일 것입니다. 그래서 늘 그런 약을 가지고 다니는, 즉 꿈이 없는 사람이라고 생각하고 있는 사람입니다.

큰 부자가 된다는 것은 확실히 한판 승부를 벌이지 않으면 안 될 것입니다. 당신이 말하는 사람은 그런 배짱도 용기도 없는 사

당신은 텔레비전을 좋아합니까? 텔레비전을 보면서 탤런트를 동경한 적이 있습니까? '지금까지 그런 적이 한 번도 없었다'고 말하면서도 탤런트 ○○○가 나오면 시선이 자신도 모르게 화면으로 향하곤 하지 않습니까?

[A1] 어떤 탤런트? → 당신이 생각하고 있는 자신.

동경에 대한 요소가 강한 만큼 [1]의 답에서는 당신이 스스로 품고 있는 자신의 '이상적인 자아'가 나타납니다.

당신이 '나는 가수 겸 뮤지컬을 하고 있어'라고 대답한다면 당신은 '나는 노래를 아주 잘한다', '여러 가지 재능이 넘쳐 나고 있다'고 생각하는 것입니다.

뮤지컬이라는 것의 이미지를 고려하여 조금 다른 각도에서 해석해 보면, 친구와 이야기할 때도 자기중심적이고 스타가 된 듯한 행동을 하는 사람일지도 모르겠습니다.

이 테스트에서는 당신 스스로가 자신의 이런 점이 멋있다고 생각하는 부분이 나타나는 것이니, 아무리 이상한 대답이 나온다 할지라도 절대 그것을 부끄럽다고 생각하지는 말기 바랍니다.

[A2] 매니저는 어떤 사람? → 남들은 당신을 어떻게 생각하고 있나?

매니저는 타인을 통해서 본 당신 자신입니다.

매니저라는 것은 매우 힘든 직업입니다. 탤런트의 일을 관리하는 것에서부터 스태프들과의 교섭까지…… 탤런트의 투정도 받아 줘야 하고, 여러 사람들의 사정을 일일이 챙겨 줘야 하는 고단한 직업입니다.

하지만 그중에서도 가장 중요한 것은 역시 자신이 데리고 있는 탤런트와의 관계입니다. 탤런트를 다독여서 그의 재능을 최대한 발휘할 수 있도록 최선을 다해야 합니다.

탤런트를 당신 스스로가 '이상적인 자아'라고 생각하는 것이라면, 탤런트와 원만한 관계를 유지하면서 분주히 돌아다니고 있는 것은 당신의 '현실적 자아'를 나타냅니다. 이상을 추구하고 실현하기 위해서 분주히 돌아다니고 있는 현실 속 자신의 모습, 즉 타인들이 본 당신의 모습입니다.

[A3] 다음 한 주간의 스케줄은? → 타인이 당신을 얼마나 필요로 하고 있나.

당신이 '나는 인기가 많다'고 생각했다면 다음 주 스케줄에는 빈틈이 없을 것입니다. 하지만 그렇지 않다면 2~3일 정도가 스케줄이 있을 것입니다.

혹시 '바쁘지만 잘 조정해서 어떻게든 5일만 근무를 하겠다'고 말하는 사람이 있을지도 모르겠습니다. 그런 사람은 틀림없이 '다른 사람들이 나를 좋지 않게 생각하는 게 아닐까' 하는 두

[Q3] 당신이 지금까지 착륙했던 별들은 각각 어떻게 다릅니까? 생각나
는 것을 전부 써 보기 바랍니다.

[Q4] 당신은 앞으로 몇 년을 더 우주여행을 계속할 생각입니까?

우주는 모든 것을 포함하고 있습니다. 인류의 모든 역사는 우주에서 일어난 빅뱅에서부터 비롯된 것이라 해도 과언은 아닐 것입니다.

그런 신비한 세계를 떠다니는 당신은 착륙한 별에서 과연 어떤 것을 체험하게 될까요?

[A1] 지금까지 몇 개의 별에 착륙했나? → 당신이 지금까지 섹스를 했던 사람의 수.

우주를 떠다니는 당신에게 있어서 어떤 별에 착륙을 한다는 행위는 물을 보급하기도 하고, 우주선을 수리하기도 하는 등 단지 유흥을 위해 착륙하는 것은 아닙니다. 그것은 생존을 위한 중요한 역할을 포함하고 있습니다.

섹스도 역시 마찬가지입니다. 인간이 섹스를 하는 것은 단지 기분이 좋기 때문만이 아닙니다. 인류를 위해서, 종(種)의 보존의 법칙에 따라서 섹스를 하게끔 되어 있는 것입니다.

당신이 착륙한 별의 숫자는 곧 당신이 섹스를 했던 사람들의 숫자입니다.

어떻습니까? 이제 와서 너무 많이 말했다며 수선을 피워 봐야 되돌릴 수 없는 일이겠죠?

가족에 대한 꿈

[Q1] 당신이 아이의 어머니가 되었습니다. 지금까지 몇 명의 아이를 낳았습니까?

[Q2] 당신의 아이가 어른이 되었습니다. 어떤 인물이 되었습니까?

[Q3] 아이들 각자의 장점과 단점을 말해 보십시오.

[Q4] 아이들 모두 어른이 되었고, 막내도 스무 살이 되어 곁을 떠났습니다. 지금의 심정은 어떻습니까?

꿈속에서는 왜 달리지 못할까?

보고 듣고 생각하고, 눈을 뜨고 있는 동안 우리는 끊임없이 정신활동을 합니다. 때로는 깨어난 직후에도 뚜렷하지는 않지만, 인간은 잠을 잘 때조차도 정신활동을 계속하고 있습니다. 이렇게 뚜렷한 이미지와 함께 나타나는 일반적인 꿈도 수면 중의 정신활동에 의한 것입니다.

꿈은 대체로 '렘수면' 이라 불리는 수면 단계에서 꾸게 됩니다. 렘수면이란 '급속 안구운동' 이라는 영어의 머리글자에서 따 온 단어로써, 그 내용은 다음의 세 가지 특징으로 판단됩니다.

첫 번째가 뇌파의 형태입니다. 완만한 세타파에 알파파와 같은 여러 가지 파장이 섞여서 잠이 얕아지고 몽롱한 상태가 됩니다.

다음은 안구의 운동입니다. 안구는 감고 있는 눈꺼풀 안에서 바쁘게 움직이는데, 이것이 렘수면의 커다란 특징이 되는 것입니다.

세 번째로 근전도를 보면, 특히 손발의 근육에 힘이 들어가 있지 않습니다. 이상의 세 가지 상태가 갖춰지면 렘수면 상태에 들어간 것입니다.

그렇다면 꿈속의 신비하고 비현실적인 느낌도 렘수면 상태이기 때문에 생각해 낼 수 있는 것이라 할 수 있습니다.

예를 들면, 이야기의 대부분은 앞뒤가 맞지 않는데, 제아무리 지리멸렬한 것이라 할지라도 정신활동이 전혀 없는 상태에서는 꿈을 꿀 수가 없습니다. 얕은 수면상태이기 때문에 조금이나마 사고를 할 수 있어서 꿈을 꾸게 되는 것입니다. 마치 깨어 있을 때처럼 안구가 부지런히 움직이는 것도 꿈속에서 무엇인가 변화하는 광경을 차례차례 보고 있기 때문일 것입니다.

그리고 손발을 중심으로 한 근육이 풀어져 힘이 들어가지 않는 것은, 꿈속에서 공포로부터 도망치려고 해도 팔다리가 움직이지 않는 답답함의 이유일 것입니다.

이와 같은 사실은 동물을 관찰해 보면 잘 알 수 있습니다.

사실 꿈은 인간만의 소유물이 아닙니다. 닭이나 쥐, 개, 고양이 등과 같은 동물들도 렘수면의 조건이 갖춰지고, 조류 정도의 지능만 있다면 꿈을 꿀 가능성이 높습니다.

단, 동물은 '꿈을 꿨다' 고 우리에게 말해 주지 않습니다.

그래서 생각해 낸 것이, 고양이의 뇌에 있는 '청반핵 알파' 라는 부분을 수술로 파괴하는 방법입니다. 렘수면 중에 손발 등의 근육에 힘이 들어가지 못하도록 하는 것이 바로 이 청반핵 알파라는 것인데, 이것을 파괴하면 실제로 꿈의 내용에 따라서 손발을 움직이지 않을까 하고 생각했던 것입니다.

히 끝나 버리는 것은 아닙니다. 여전히 부모에게 신세를 지고 있는 아이가 있는가 하면, 결혼해서 낳은 아이를 부모에게 맡기는 자녀도 있을 것입니다.

꿈도 마찬가지입니다.

달성했다고 생각하지만 그 뒤에 무슨 일이 일어날지 알 수 없으며, 또 다른 새로운 꿈을 갖게 될지도 모릅니다.

'아, 속이 후련하다' 고 대답한 사람도 다음 날부터는 다시 '그래, 한번 해보자' 고 생각하게 될지도 모를 일입니다.

꿈속에 나타난 사람은?

[Q] 당신은 지금 병에 걸려 누워 있습니다. 문득 눈을 떴더니 머리맡에
이성이 있습니다. 그는 어떤 사람입니까? 그림으로 설명해 보십시오.

[A] 당신이 예전에 가장 좋아했던 사람.

병에 걸리면 마음이 약해지는 법. 특히 혼자서 생활하고 있는 사람에게는 참으로 괴로운 시간입니다. 자기 혼자만 남겨진 것 같은 느낌, 세상에 이렇게 많은 사람들이 있지만 자기 주위에는 아무도 없는 것 같은……. 게다가 몸이 아파서 자리에서 일어날 수도 없는 상황이니 이처럼 괴로운 일도 없을 것입니다.

그런 상황 속에서 당신이 떠올리는 사람은, 당신이 과거에 가장 좋아했던 사람일 것입니다. 그 사람과의 일이 아무리 오래 전의 일이라 할지라도 당신은 여전히 그 사람과의 과거를 잊지 못하고 있는 것입니다.

물론 지금 사귀고 있는 사람을 떠올렸다면, 지난날의 일은 깨끗이 잊고 지금의 연인에게 푹 빠져 있는 사람(이 테스트를 해보다 안도의 한숨을 내쉰 사람도 있지 않을까요?)이겠죠?

당신 마음속에는 과연 어떤 사람이 머물고 있는 것일까요?

이 테스트는 '……는 누구입니까?' 라는 질문에 대한 답이 아니기 때문에, 틀림없이 추상적인 이미지로 대답한 사람들이 많을 것입니다. '키가 크고 몸이 다부진 사람' 이라거나 '안경을 낀, 다정해 보이는 사람' 등 잘 생각해 보기 바랍니다. 당신의 과거 중에서 그런 이미지를 가지고 있는 사람은 누구입니까?

틀림없이 떠오르는 사람이 있을 것입니다. 당신은 아직도 그 사람을 잊지 못하고 있는 것입니다.

　설령 '그럴 리 없어! 지금은 이 사람을 죽을 만큼 사랑하고 있는데……' 라고 말하는 사람이 있다 할지라도, 그것은 표면적인 것일 뿐 마음속 깊은 곳에는 그 사람의 사소한 몸짓이나 다정하게 해 주었던 추억들이 뚜렷하게 각인되어 있습니다. 바로 그렇기 때문에 당신이 가장 괴로운, 가장 외로운 상황에서 그 사람을 떠올리는 것입니다.

　하지만 추억이라는 것은 언제나 미화되는 법.

　이 테스트를 하고 난 다음, '난 역시 그 사람을 잊을 수가 없어' 라며 심각하게 받아들여서 결국에는 지금의 연인과 헤어지게 되는 그런 상황까지 가지 않도록 주의하기 바랍니다.

　지금의 연인과 헤어져 예전의 연인과 관계를 회복한다 할지라도, 또 다른 사람이 당신 마음속에 살게 될지도 모를 일입니다.

나른한 티타임

[Q1] 당신은 무엇인가를 마시고 있습니다. 어떤 맛이 나는 음료입니까?

[Q2] 당신은 그것을 어떤 식으로 마십니까? 단번에, 아니면 조금씩?

[Q3] 당신이 처음 마시던 음료를 몇 잔 정도 마실 수 있습니까?

[Q4] 한 잔 더 마신다면 어떤 음료를 선택하겠습니까?

음료라는 말을 듣고 바로 떠올리는 것은 무엇입니까?

콜라나 주스, 커피 아니면 그냥 물입니까? 그냥 물이라 할지라도 'ㅇㅇ암반수'와 같이 이름이 있는 것을 떠올리는 사람도 있지 않을까요?

'물'이나 '물 같은 것(즉, 음료)'은 성적인 것의 상징입니다. 마신다는 행위는 성적인 것을 받아들이는 것이기 때문에 이는 섹스의 상징입니다. 그렇다면 당신은 어떤 섹스를 좋아할까요?

[A1] 어떤 맛이 나는 음료? → 좋아하는 섹스 타입.

말 그대로 당신이 바라는 섹스를 나타냅니다.

'물'이라고 대답했다고 해서 담백한 사람이라고는 할 수 없습니다. '물은 마신다'는 행위의 가장 기본이 되는 것이기 때문에, 기본적인 방법을 충실하게 해 나가는 것이 당신의 취향입니다.

'셰이크'나 '생과일 주스'처럼 끈적끈적한 것이라고 대답한 사람은 말할 것도 없이 진한 섹스를 좋아하는 사람이겠지요. 하지만 이런 음료들은 '차갑다'는 이미지와 '조금 시큼하다'는 이미지도 함께 가지고 있으니 틀림없이 남들에게는 그렇게 보이고 싶지 않다는 소망도 함께 가지고 있는 것입니다. 당신과 처음으로 섹스를 한 연인은 당신이 의외로 '진한' 사람이라는 사실을 알고 조금 놀랄지도 모릅니다.

[A2] 어떻게 마시나? → 섹스하기까지의 과정.

이것은 음료 마시는 법을 상상해 봄으로써 당신이 이성과의 섹스에 이르기까지의 과정을 나타내는 것입니다.

'단번에 마셔 버리는 사람' 은 거칠 것 없이 단번에 섹스를 해 버리는 사람.

앞서 뜨거운 음료를 선택했기에 단번에 마실 수 없었던 사람은, 자신이 뜨거운 사람이라는 사실을 조금씩 알게 해 나가면서 상대방과 사귀는 그런 사람입니다. 자신이 뜨거운 만큼 더욱 주의를 기울이고 있는 것일지도 모릅니다.

[A3] 몇 잔 정도 마실 수 있나? → 하룻밤에 할 수 있는 섹스 횟수.

당신이 하룻밤에 할 수 있는 섹스 횟수를 나타냅니다.

'한 번에 그렇게 많이 마시지는 못해' 라고 말하는 사람은 틀림없이 섹스도 그렇게 많이 바라지 않는 사람일 테고, '마실 수만 있다면, 이 정도쯤이야' 라고 말하는 사람은 '지금은 이 정도밖에 섹스를 못하지만 몇 번 정도는 더 하고 싶어' 라고 생각하는 사람입니다.

[A4] 한 잔 더 마신다면 어떤 음료? → 바람을 피운다면 이런 사람과.

'한 잔 더 마신다면 어떤 음료를?' 이라는 질문은 당신이 어떤 식으로 바람피우기를 좋아하는지를 알 수 있습니다.

당신의 답은 말 그대로 당신이 바람을 피우고 싶어 하는 취향의 이성과의 섹스 타입을 의미합니다.

평소에는 '콜라'를 마셨지만 여기서는 '생크림을 듬뿍 넣은 코코아'라고 답한 사람도 틀림없이 있을 것입니다. 평소에는 쿨한 섹스를 즐기지만 때로는 정열적인 섹스를 하고 싶다는 생각을 하고 있다는 것입니다. 아니면 평소 이런 섹스를 해보고 싶었지만, 너무나도 정열적이어서 상대방이 싫어하기 때문에 참아야 하는…… 그런 것일지도 모르겠습니다.

당신의 연인에게 이 테스트를 하도록 해서 나온 답을 실천한다면, 연인의 바람기를 미연에 예방할 수도 있지 않을까요?

문장 완성하기

다음 말 뒤에 당신이 생각한 말을 넣어 보십시오.

[Q1] 하다못해 ○○○○○

[Q2] 지금까지는 ○○○○○

[Q3] 전부 ○○○○○

이것은 사랑의 단계 A · B · C를 나타냅니다.

[A1] 하다못해 ○○○○○

'하다못해'라는 말은 당신의 기대감입니다.

무엇인가를 기대하고 있었기 때문에, 그것이 이루어지지 않았을 때 한 단계 밑이어도 상관없으니 무엇인가……라고 생각하는 것입니다.

그런 애달픈 마음을 연애에 대입해 보면, 당신이 기대한 것 중에서 가장 순위가 낮은 것은 키스입니다. 연인과 첫 키스를 했을 때의 기분을 그대로 나타낸 것입니다.

'하다못해 오늘밤만'이라고 대답한 사람은 '키스는 오늘밤만'이라고 말한 것이 되는데, 이것은 물론 오늘밤만 키스를 허락하겠다는 것이 아니라, 오늘밤은 키스로도 만족하겠다는 뜻이 될 것입니다.

사이좋은 두 사람의 모습이 보이는 듯한 대답입니다.

[A2] 지금까지는 ○○○○○

'여기까지'라는 말은 당신의 마지노선을 나타내는 것입니다.

키스를 하면 그 다음을 기대하는 것이 당연한 것이지만, 처음 관계를 맺는 두 사람이 마지막 선을 넘기가 그렇게 쉬운 것이 아니죠. 용기를 내어 도전해 보았으나, 당신이 허락할 수 있는 것은 여기까지라고 할 때의 기분을 나타낸 것입니다.

'여기까지는 괜찮지만'이라는 것은 너무나도 직접적인 대답이죠. 만약 두 사람의 사이가 권태기를 맞이한 것 같다면 이 테스트를 통해서, 아무래도 섹스까지는 다다를 수 없었던 당시의 순수했던 마음을 떠올려 보는 것은 어떻겠습니까?

[A3] 전부 ○○○○○

'전부'라는 말이 나타내는 것은 말 그대로 당신의 전부임을 나타냅니다. 당신이 처음으로 몸을 허락했을 때의 기분입니다.

'전부 먹고 싶다'고 말하는 사람은 섹스할 때 상대방을 너무 사랑스럽다고 생각한 나머지 '먹어 버리고 싶을 정도로 좋다'고 생각하는 것입니다. 언제까지든 이런 마음을 소중히 간직한 채 사랑을 지속해 나갈 수 있다면 더할 나위 없이 행복할 것입니다.

어떻습니까? 당신의 '그리운 시절'의 소중한 추억을 떠올리게 하는 그런 테스트 아니었습니까?

멋진 브로치

[Q1] 당신은 보석이 박힌 브로치를 가지고 있습니다. 그 브로치는 얼마짜리입니까?

[Q2] 그 브로치에는 몇 종류의 보석이 박혀 있습니까?

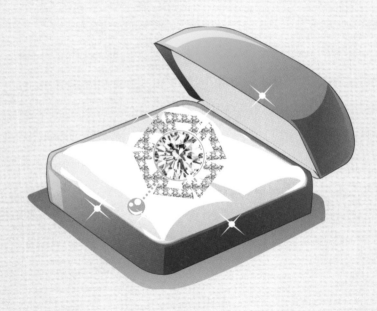

[Q3] 큰일 났습니다! 실수로 브로치를 떨어뜨렸습니다. 브로치는 어떻게 되었을까요?

[Q4] 훨씬 더 멋진 브로치로 바꿔 주겠다는 사람이 나타났습니다. 당신은 어떻게 생각하십니까?

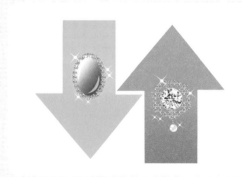

보석이 반짝반짝 빛나는 것은 당신이 자기주장을 하는 모습입니다. 보석이 크면 클수록, 또 가치가 있는 것(루비보다는 다이아몬드 식으로)일수록 당신의 자아나 자기주장이 강한 것을 상징합니다.

상상의 세계라고 해서 본 적도 없는 멋진 보석을 떠올리는 사람은 없을까요? 그런 사람들은 지구가 자기 자신을 중심으로 돌고 있다고 생각하는 사람들입니다. 주변의 친구들이 그런 당신 때문에 힘들어 하고 있을지도 모릅니다.

[A1] 브로치는 얼마짜리? → 당신은 얼마나 자기중심적인가?

이 테스트는 당신의 자기주장의 강도를 직접적으로 투영하고 있습니다.

단, 같은 1,000만 원이라 할지라도 겨우 1,000만 원이라는 생각과, 1,000만 원이나 한다고 생각하는 것에는 그 의미에 커다란 차이가 있으니 스스로 잘 생각해 보기 바랍니다.

반대로 보석이 박힌 것이라고까지 말했는데도 10~20만 원짜리 브로치라고 대답한 사람은 마음이 약한 사람이며, 자기중심적인 말을 하기는커녕 자신이 생각하고 있는 것조차도 말하지 못하고 있는 그런 사람입니다.

[A2] 몇 종류의 보석이 박혀 있는가? → 지금 자신만을 앞세우고 있는 일

의 숫자.

조그만 보석이 많이 달려 있는 사람은 잡다한 여러 가지 일에 고집을 부리고 있는 사람입니다.

간혹 이런 사람 있지 않습니까? 홍차밖에 없다고 하는데도 굳이 '커피가 먹고 싶다' 거나, 'ㅇㅇ이 아니면 안 돼!' 하는 사람. 큰 일에서는 고집을 피우지 않지만, 일상의 잡다한 불만을 하나 가득 품고 있는 사람들이 이런 대답을 할 것입니다.

반대로 '커다란 다이아몬드가 하나!' 라고 대답한 사람은 무엇 하나라도 만족스럽지 못한 일이 있는 것입니다.

너무 자기만을 앞세우다 보면 언젠가는 자기가 그 고생을 하게 될 수도 있으니, 조심하기 바랍니다.

[A3] 브로치는 어떻게 됐나? → 사람들이 반격했을 때의 당신.

이것은 자기중심적인 당신이 남들한테 반격을 당했을 때의 기분을 나타냅니다.

기가 센 사람일수록 타인의 공격에는 의외로 약한 법입니다. 당신의 브로치가 흠집투성이가 되어 부서지지는 않았습니까?

'흠집 하나 나지 않았다' 고 말하는 사람은 정말 기가 센 사람입니다.

또 '부서지긴 했지만 수리를 맡겼더니 전보다 더 예뻐졌다' 고 하는 사람은 '재기형 인간' 입니다.

어쨌든 자기중심적인 생각에는 충분히 주의를 기울일 필요가
있습니다.

[A4] 더 멋진 브로치로 바꿔 주겠다고 한다. → 윗사람에게 자기중심적이
    라는 경고를 받았을 때 당신의 생각.

윗사람으로부터 비판을 받았을 때 당신의 모습입니다.

직장 상사에게 야단을 맞은 것인지, 학교 선생님에게 꾸중을 들
은 것인지는 몰라도 친구들로부터 비판을 받았을 때와는 그 느낌
부터가 상당히 다릅니다.

윗사람의 말이기 때문에 순순히 받아들일 수 있다고 생각하는
사람이 있는가 하면, 반대로 반발부터 하게 된다고 하는 사람도
있을 것입니다. 어쨌든 [3]의 대답과는 또 다른 반응을 보이게 될
것입니다.

'절대 그럴 리 없다고 생각하고 대꾸도 하지 않는다', '상대편
을 믿을 수 없기 때문에 거절한다' 는 등의 대답을 한 사람은 상당
히 용의주도하며, 윗사람에 대해서도 쉽게 자신의 의견을 꺾지 않
는 그런 타입입니다.

좋고 나쁨을 떠나서 그런 태도를 보일 수 있다는 자체가 남들로
부터 부러움을 사는 성격일 것입니다.

애완견에게 재주를 가르치다

[Q] 당신은 지금부터 말을 잘 듣지 않는 애완견에게 재주를 가르치려 하고 있습니다. 어떤 식으로 가르치겠습니까? 자세히 설명해 보십시오.

[A] 권태기 연인에 대한 당신의 태도.

당신은 동물을 길러 본 적이 있습니까? 사람과 달리 배신을 하지 않는 동물과 함께 있으면 왠지 마음이 편안해지는 것 같은, 온몸이 나른해지는 것 같은 그런 기분이 들지 않습니까?

아니면 정말로 동물이 싫어서 강아지나 새끼 고양이가 다가오기만 해도 도망쳐 버리는 사람도 분명 있을 것입니다.

동물 중에서도 특히 '개'는 당신의 충실한 파트너입니다.

하지만 이 테스트에서는 '말을 잘 듣지 않는 개'를 예로 들었기 때문에, 여기서는 좀처럼 뜻대로 되지 않는 당신의 파트너에 대한 태도입니다.

그렇다면 '뜻대로 되지 않아 조마조마한 것'은 대체 어떤 상황일까요?

상대방이 내가 생각한 대로 행동을 취하지 않을 때, 뒤집어서 말하면 당신이 상대방의 결점을 발견했을 때가 아닐까요? 그렇습니다. 답은 바로 당신이 권태기를 맞았을 때의 기분입니다.

연인의 행동이 점점 밉게 보이거나, 늘 함께 하는 것에 익숙해진 나머지 '이게 아닌데' 하는 기분을 억제할 수 없을 때가 있습니다. 이럴 때 당신은 어떤 기분이 들고, 어떻게 행동하는지가 보여집니다.

'어쨌든 혼을 낸다. 재주를 익힐 때까지는 절대 다정하게 대해

주지 않는다'고 하는 사람은 상당히 과격한 사람입니다. 이런 사람은 권태기에 싸움이라도 하게 되면 지금까지 쌓여 있던 스트레스가 단번에 폭발하여 상대방이 먼저 고개를 숙여 오기 전까지는 절대로 물러서려 하지 않는 타입입니다. 적당히 해 두지 않으면 큰일을 당하게 될지도 모릅니다.

'몇 번이고 타이른다. 숙식을 함께 하면서 재주를 가르친다'고 하는 사람은 틀림없이 연애나 심지어는 평소의 인간관계에 있어서도 적극적인 사람이라고 할 수 있습니다.

권태기를 맞이해서도 '이런 일은 누구에게나 있는 거야'라는 다정한 마음으로 상대방을 대하며, '이 시기를 넘길 좋은 방법이 없을까?' 하고 늘 방법을 찾습니다. 이런 사람들은 틀림없이 누구에게나 호감을 받는 다정다감한 사람일 것입니다. 하지만 그것에 대한 부담이 너무 커지지 않게끔 자신을 잘 조절하여 사귀기 바랍니다.

몸이 마이크로 사이즈로 작아진다면?

[Q1] 당신은 몸이 마이크로 사이즈로 작아지는 약을 먹었습니다. 느낌을
말해 보십시오.

[Q2] 작아진 당신은 가장 먼저 무엇을 하겠습니까?

[Q3] 누군가가 당신을 밟아 버리려 하고 있습니다. 누구입니까?

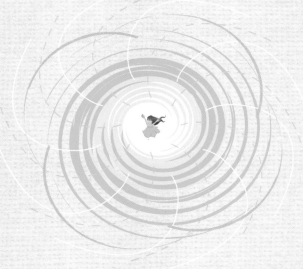

[Q4] 원래 크기대로 되돌아갈 수 있는 약은 누가 가지고 있습니까?

[Q5] 약을 먹고 원래의 크기로 돌아왔습니다. 기분을 말해 보십시오.

만약 자신의 몸이 마이크로 사이즈로 작게, 아주 작게 변한다면……. 생각하는 것만으로도 가슴 설레는 설정입니다. 영화에서처럼 사람의 몸 안으로도 들어갈 수 있을 테니까요.

현실적으로는 전혀 불가능한 이야기입니다만, 테스트를 통해서 그런 세계를 즐겨 보기 바랍니다.

[A1] 마이크로 사이즈가 된 느낌은? → 당신이 부자가 되었을 때의 기분.

이것은 당신이 큰 부자가 되었을 때의 기분을 나타냅니다.

몸이 마이크로 사이즈로 줄어들었다. 사실 이것은 상상할 수 없을 정도로 굉장한 일입니다. 마찬가지로 현실 세계에서 가장 믿을 수 없는 '굉장한 일'이라면 바로 엄청난 부자가 되는 것일 테고요.

당신은 상상할 수 없을 정도의 세계에서, 놀라우면서도 매우 현실적인 것에 대한 답변을 하고 있는 것입니다.

[A2] 가장 먼저 무엇을? → 부자가 되었을 때 가장 먼저 하고 싶은 것.

엄청난 부자가 된 당신은 맨 먼저 무엇을 하고 싶습니까?

돈을 마음껏 써 보는 것은 당연한 일이니 그것은 차지하고라도, 정신적으로 어떤 일을 먼저 할지 구체적인 형태가 되어 나타날 것입니다. 평소 밉살맞다고 생각했던 사람을 괴롭히기도 하고,

누군가의 몸속으로 들어가 병을 고쳐 주기도 하고…….

가능하다면 자신에게 도움이 되는 일을 하는 편이 현명하리라 생각합니다.

[A3] 당신을 밟아 버리려는 사람은? → 부자가 되면 빌붙을 것 같은 사람.

부자가 된 당신을 위협하는 존재에 대해서 묻고 있습니다.

당신이 부자가 되면 바로 들러붙을 것 같은 사람을, 당신은 밟아 버릴 것 같다는 장면을 통해서 표출되는 것입니다.

흔히 있지 않습니까? 돈 냄새를 잘 맡는다고. 주위에서 좋은 일이 일어나면 하이에나처럼 모여드는 사람들 말입니다.

하지만 당신은 이미 훌륭한 부자이니 두려워 말고 당당하게 대처하기 바랍니다.

[A4] 원래 크기대로 되돌아갈 수 있는 약을 가지고 있는 사람은 누구? → 저 사람은 부자가 될 수 없다고 생각하고 있는 사람.

이 설정에서 원래의 크기로 되돌아간다는 것은 현실적이고 매우 재미없는 일일 것입니다. 그래서 늘 그런 약을 가지고 다니는, 즉 꿈이 없는 사람이라고 생각하고 있는 사람입니다.

큰 부자가 된다는 것은 확실히 한판 승부를 벌이지 않으면 안 될 것입니다. 당신이 말하는 사람은 그런 배짱도 용기도 없는 사람이라고 당신이 조금은 얕잡아보고 있습니다.

하지만 어쩌면, 그 사람은 우직하고 성실한 인생을 살고 있는 대단한 사람이라고 부러워하고 있는 것일지도 모르겠습니다.

[A5] 원래의 크기로 돌아온 기분은? → 재산을 잃었을 때의 기분.

당신이 다시 현실 세계로 되돌아왔을 때의 기분을 나타냅니다.

'아, 아깝다'고 말하는 사람도 있을 것이고, '조금 무서웠는데 원래대로 되돌아와서 다행이다'라고 말하는 사람도 있을 것입니다.

이른바 '꿈에서 깬 뒤'의 기분과도 같은 것으로 볼 수 있는데, 너무 안타깝다고 생각하는 사람은 지금부터라도 그 꿈을 실현하기 위해 최선의 노력을 경주하는 것은 어떻습니까?

꿈의 우주비행사

[Q1] 당신은 우주를 여행하는 우주비행사입니다. 당신은 지금까지 몇 개의 별에 착륙했습니까?

[Q2] 자, 생각해 보십시오. 가장 먼저 착륙한 곳은 어떤 별입니까?

[Q3] 당신이 지금까지 착륙했던 별들은 각각 어떻게 다릅니까? 생각나는 것을 전부 써 보기 바랍니다.

[Q4] 당신은 앞으로 몇 년을 더 우주여행을 계속할 생각입니까?

우주는 모든 것을 포함하고 있습니다. 인류의 모든 역사는 우주에서 일어난 빅뱅에서부터 비롯된 것이라 해도 과언은 아닐 것입니다.

그런 신비한 세계를 떠다니는 당신은 착륙한 별에서 과연 어떤 것을 체험하게 될까요?

[A1] 지금까지 몇 개의 별에 착륙했나? → 당신이 지금까지 섹스를 했던 사람의 수.

우주를 떠다니는 당신에게 있어서 어떤 별에 착륙을 한다는 행위는 물을 보급하기도 하고, 우주선을 수리하기도 하는 등 단지 유흥을 위해 착륙하는 것은 아닙니다. 그것은 생존을 위한 중요한 역할을 포함하고 있습니다.

섹스도 역시 마찬가지입니다. 인간이 섹스를 하는 것은 단지 기분이 좋기 때문만이 아닙니다. 인류를 위해서, 종(種)의 보존의 법칙에 따라서 섹스를 하게끔 되어 있는 것입니다.

당신이 착륙한 별의 숫자는 곧 당신이 섹스를 했던 사람들의 숫자입니다.

어떻습니까? 이제 와서 너무 많이 말했다며 수선을 피워 봐야 되돌릴 수 없는 일이겠죠?

[A2] 처음 착륙한 별은 어떤 별? → 당신의 첫 경험.

여행을 처음 시작했던 먼 옛날, 당신이 처음으로 착륙했던 오아시스는 대체 어떤 별이었을까요?

어쩌면 그것은 오아시스가 아니라 사람을 잡아먹는 식물이 번성하고 있던 무시무시한 별이었을지도 모릅니다.

당신은 그 별에서 어느 정도나 머물러 있었습니까? 1주일 아니면 1개월 정도……?

이것은 당신이 그 첫 경험의 상대방을 얼마나 좋아했었는지를 말해 줍니다.

혹시, '다시 그 별로 되돌아가고 싶다'고 대답한 사람이 있을지도 모르겠군요.

[A3] 지금까지 착륙했던 별은 어떻게 다른가? → 지금까지 체험했던 섹스에 대한 생각.

이것은 지금까지 당신의 섹스 체험을 그대로 나타내는 것입니다. '꿈결처럼 좋았던 별, 무서운 별, 즉시 탈출하고 싶었던 기분 나쁜 별 등 모두 다르다'라고 대답하는 사람은 사람과의 섹스에서 매우 다양한 일들, 여러 가지 일들이 있었다고 생각하고 있는 것입니다. '무서운 별'이란 당신의 이해 범위를 뛰어넘은 '변태 행위'를 상징합니다. 사귀던 사람 중에 그렇게 위험했던 사람도 있었다는 말일 것입니다.

'무서운 별'을 '스릴 넘치는……'이라고 표현한 사람은, 당신도 충분히 변태일 가능성이 있다는 뜻입니다.

그래도 괜찮다는 사람은 상관없지만, 남들의 눈을 의식하는 사람은 주의를 기울이기 바랍니다.

A4 당신은 몇 년을 더 우주여행을 계속할 생각? → 당신은 앞으로 몇 년을 더 성생활을 할 수 있을까?

'죽을 때까지 계속하겠다'고 대답한 사람은 '죽을 때까지 섹스를 계속하겠다'는 의욕이 넘치는 사람입니다.

'앞으로 1년 정도'라고 말한 사람은 지금 같은 생활은 앞으로 1년 정도 더 하고, 그 이후부터는 안정된 생활(결혼해서 배우자와만 섹스를 하는)을 하고 싶다고 생각하는 것입니다. 너무 일찍 시들어 버리면 좀 재미없는 인생이 될지도 모릅니다.

당신의 오아시스를 발견할 수 있을 것 같습니까?

'스릴 넘치는……'이 좋을지도 모르겠지만, 자칫 당신이 잡아먹힐지도 모릅니다. '착륙'할 때는 충분히 면밀한 조사를 마친 뒤에 착륙하는 것이 좋겠습니다.

꿈속에서는 왜 달리지 못할까?

보고 듣고 생각하고, 눈을 뜨고 있는 동안 우리는 끊임없이 정신활동을 합니다. 때로는 깨어난 직후에도 뚜렷하지는 않지만, 인간은 잠을 잘 때조차도 정신활동을 계속하고 있습니다. 이렇게 뚜렷한 이미지와 함께 나타나는 일반적인 꿈도 수면 중의 정신활동에 의한 것입니다.

꿈은 대체로 '렘수면' 이라 불리는 수면 단계에서 꾸게 됩니다. 렘수면이란 '급속 안구운동' 이라는 영어의 머리글자에서 따 온 단어로써, 그 내용은 다음의 세 가지 특징으로 판단됩니다.

첫 번째가 뇌파의 형태입니다. 완만한 세타파에 알파파와 같은 여러 가지 파장이 섞여서 잠이 얕아지고 몽롱한 상태가 됩니다.

다음은 안구의 운동입니다. 안구는 감고 있는 눈꺼풀 안에서 바쁘게 움직이는데, 이것이 렘수면의 커다란 특징이 되는 것입니다.

세 번째로 근전도를 보면, 특히 손발의 근육에 힘이 들어가 있지 않습니다. 이상의 세 가지 상태가 갖춰지면 렘수면 상태에 들어간 것입니다.

그렇다면 꿈속의 신비하고 비현실적인 느낌도 렘수면 상태이기 때문에 생각해 낼 수 있는 것이라 할 수 있습니다.

예를 들면, 이야기의 대부분은 앞뒤가 맞지 않는데, 제아무리 지리멸렬한 것이라 할지라도 정신활동이 전혀 없는 상태에서는 꿈을 꿀 수가 없습니다. 얕은 수면상태이기 때문에 조금이나마 사고를 할 수 있어서 꿈을 꾸게 되는 것입니다. 마치 깨어 있을 때처럼 안구가 부지런히 움직이는 것도 꿈속에서 무엇인가 변화하는 광경을 차례차례 보고 있기 때문일 것입니다.

그리고 손발을 중심으로 한 근육이 풀어져 힘이 들어가지 않는 것은, 꿈속에서 공포로부터 도망치려고 해도 팔다리가 움직이지 않는 답답함의 이유일 것입니다.

이와 같은 사실은 동물을 관찰해 보면 잘 알 수 있습니다.

사실 꿈은 인간만의 소유물이 아닙니다. 닭이나 쥐, 개, 고양이 등과 같은 동물들도 렘수면의 조건이 갖춰지고, 조류 정도의 지능만 있다면 꿈을 꿀 가능성이 높습니다.

단, 동물은 '꿈을 꿨다' 고 우리에게 말해 주지 않습니다.

그래서 생각해 낸 것이, 고양이의 뇌에 있는 '청반핵 알파' 라는 부분을 수술로 파괴하는 방법입니다. 렘수면 중에 손발 등의 근육에 힘이 들어가지 못하도록 하는 것이 바로 이 청반핵 알파라는 것인데, 이것을 파괴하면 실제로 꿈의 내용에 따라서 손발을 움직이지 않을까 하고 생각했던 것입니다.

이 고양이는 렘수면 상태에 들어가자 당장이라도 먹이를 덮칠 것처럼 손발을 움직였으며, 때로는 겁을 먹고 도망치려는 동작을 보이는 등 마치 꿈의 내용에 그대로 반응하는 행동을 보였기 때문에 동물도 인간과 마찬가지로 꿈을 꾸는 것이라 여겨지고 있습니다. 꿈속에서 손발이 움직이지 않아 두려움에 빠지는 일은 적잖이 일어나고 있습니다.

하지만 수면 중에 손발을 움직일 수 있다면 상황은 더욱 나빠질 것입니다. 몸부림 때문에 침대가 좁게 느껴질 것이고, 자신도 모르는 사이에 어떤 부상을 당하게 될지도 모르기 때문입니다.

Part 5
마음의 미궁에서 탈출하기

아름다운 정원에서

[Q1] 당신은 나무입니다. 지금 어떤 상태에 있습니까?

[Q2] 주위에 몇 그루의 나무가 있습니까?

[Q3] 당신을 스케치하는 사람이 있습니다. 그 사람에게 한마디.

[Q4] 앗! 당신은 벌목을 당했습니다. 지금의 기분을 말해 보십시오.

나무는 사회로 뻗어나가는 자신의 모습입니다.

인생에서 성장해 나가는 모습을 상징합니다.

사회생활 중에서도 성장해 나가는 모습을 가장 잘 알 수 있는 것이 바로 일입니다.

[A1] 당신은 어떤 상태? → 지금 당신이 하고 있는 일의 상태.

이것은 성장고자 하는 당신의 욕구를 그대로 반영하고 있는 것이기 때문에, 아직 씨앗에 불과하더라도 상관없습니다. 당신에게 하고자 하는 의욕만 있으면 사람들로부터 어떤 비난을 듣더라도 '대기만성형' 이라고 생각하고 조금은 대범하게 행동하는 것이 좋겠습니다.

일을 시작한 지 이제 겨우 1~2년밖에 지나지 않았음에도 불구하고 벌써부터 지쳐 있다면 당신에게 문제가 있는 것입니다. 또 지금 하고 있는 일이 당신한테 맞지 않을 수도 있습니다.

[A2] 주위에 몇 그루의 나무가 있나? → 라이벌의 숫자.

이것은 당신이 잠재적으로 라이벌이라고 상정하고 있는 사람들의 숫자입니다.

단, 당신 스스로가 그렇게 느끼고 있는 것뿐이며, 상대편은 당신을 라이벌이라고 생각하고 있는지는 알 수 없습니다.

라이벌을 갖는다는 것도 당신의 정신적인 성장 과정 중 매우 중요한 것이니, 숫자가 많을수록 의욕에 넘치는 사람이라고 할 수 있을 것입니다.

다른 나무는 한 그루도 없다고 말한 사람은, 세상은 자기를 중심으로 돌아간다고 생각하고 있는 매우 이기적인 사람입니다. 이런 사람들 100만 명 중 한 사람은 천재일지도 모르겠지만, 지나친 자신감은 당신의 성장을 지금 상태에서 멈춰 버리게 할지도 모르는 양날의 칼입니다. 조금 더 겸허한 마음을 갖는 것이 손해를 줄이는 일일 것입니다.

[A3] 스케치하는 사람에게 한마디 → 상사에게 하고 싶은 말.

당신이 자신을 평가하고 있는 사람에게 하고 싶은 말, 직장에서라면 당신의 직속상관이 될 것입니다.

자신이 평소 정당하지 못한 평가를 받고 있다고 불만인 사람은 마치 기다렸다는 듯이 할 말을 토해낼 것입니다.

이것을 바꿔서 말하면, 당신은 업무면에서 당신이 가지고 있는 힘 전부를 발휘하지 못하고 있는 것일지도 모릅니다.

앞으로는 상사로부터 무슨 말을 듣게 되면, 자신의 책임에 대해서도 생각해 보기 바랍니다.

[A4] 벌목 당했다. 지금의 심정은? → 갑작스런 해고 통보를 받았을 때의
     기분.

평온한 나무에 갑작스런 충격적인 사건이 벌어집니다. 벌목이
라니! 식물로써의 생명도 끊겨 버린 것이니 평소와 같은 기분으
로는 있을 수 없습니다.

회사 일을 하고 있을 때 밥줄이 끊어지는 것, 즉 해고를 뜻하기
도 합니다.

어떻습니까?
어떤 답이 나왔든 일은 즐거운 마음으로 하기 바랍니다.

골프장 설계도

[Q] 당신은 골프장을 설계하고 있습니다. 어떤 골프장을 만들고 싶습니까? 그림으로 그려서 자세히 설명해 보십시오.

[A]　여자라면 → 당신이 희망하고 있는 몸매.

남자라면 → 당신이 이상적으로 생각하고 있는 여자의 몸매.

스포츠가 상징하고 있는 것은 섹스입니다.

당신이 어떤 코스에서 플레이하고 싶은가 하는 것은, 당신이 함께 놀고 싶은 여자의 몸매(여자라면 바라는 자신의 몸매)를 상징하고 있습니다.

우선 잔디의 상태는 어떻습니까?

어떤 식으로 얼마나 자라 있습니까?

잔디가 나타내고 있는 것은 피부의 감촉이나 털이 난 상태입니다. 골퍼들에게 있어서 잔디의 상태는 가장 중요한 것이며, 제아무리 공을 잘 쳐도 잔디가 부드럽지 못하면 공도 잘 굴러가지 않습니다. 섹스를 할 때도 마찬가지입니다. 제아무리 아름답고 멋진 몸매를 가지고 있다 할지라도 피부의 감촉이 좋지 않다면 기분이 식어버리지 않겠습니까?

만약 여자가 '잔디가 수북하게 나 있다' 고 대답했다면 그것은 조금 문제가 있는 것입니다. 당신은 뭐 상관없지 않겠느냐고 생각할지 몰라도, 그것을 평가하는 것은 당신의 애인이니 미움을 받기 전에 손질을 해 두는 편이 좋지 않을까요?

이번에는 골프장의 기복을 살펴보기로 합시다.

당신이 설계한 것은 완만한 코스입니까, 아니면 기복이 심해서 재미를 더해 줄 것 같은 그런 코스입니까?

이것은 전체적인 균형이나, 가슴이 큰 편이 좋다는 등의 매우 구체적인 것을 상징합니다. 완만한 코스를 그린 사람은 말할 것도 없이 날씬한 타입의 여자를 좋아하는 사람입니다.

기복이 심한 코스를 그린 사람은 풍만하고 육감적인 여자를 좋아하는 타입입니다. 글래머형 미인을 좋아하는 것은 개인의 취향이니 달리 할 말은 없지만, 당신의 체력은 어떠한지 걱정됩니다. 같은 여자라도 글래머 여성들은 틀림없이 충분한 체력을 지니고 있을 테니까요. 결정적인 순간에 창피를 당하기 전에 미리미리 체력을 단련해 두어야 할 것입니다.

벙커나 OB가 날 것 같은 숲도 잘 생각해 보기 바랍니다. 그런 위험 지대가 많으면 많을수록 스스로가 푹 빠져 버리는 위험한 여성이 당신의 취향일 가능성이 높습니다.

예를 들자면, 공이 벙커에서 좀처럼 나오지 않아 고생을 하게 되어도, 몇 번이고 OB로 들어갈 것 같아 식은땀을 흘려도 당신은 틀림없이 그런 스릴이 짜릿하다고 생각하는 사람일 것입니다. 스스로 좋아서 하는 일이니 특별히 할 말은 없지만, 아마도 상당한 자신감을 가지고 있는 사람일지도 모릅니다.

여자들에게 있어서 자신의 스타일에 대해서 생각한다는 것은 살아있는 동안 영원한 주제라고도 할 수 있을 것입니다. 한번쯤은 다이어트 같은 것에 신경 쓰지 말고, 케이크를 마음껏 드셔 보십시오.

애완동물을 키운다면

[Q1] 어떤 동물이든 애완용으로 삼을 수 있다면 당신은 어떤 것을 키우겠
습니까?

[Q2] 그 애완동물에게는 하루에 먹이를 얼마나 주어야 합니까?

[Q3] 그 애완동물은 당신의 말을 잘 듣습니까?

애완동물은 당신의 분신이라고도 할 수 있는 것입니다. 흔히 '제 주인을 닮아서……' 라는 말을 하지 않습니까?

당신이 상상한 애완동물은 당신이 품고 있는 소망입니다. 애완동물에게 당신이 품고 있는 소망을 의탁하여 그것을 길들이고 있는 자신을 상상한 것입니다.

무슨 말이든 잘 듣고 절대로 배신하지 않는 충실한 애완동물. 그렇게 마음에 쏙 드는 것은 역시 자기 자신 속에만 존재하는 듯합니다.

[A1] 어떤 동물을 기르겠는가? → 당신이 지금 가장 바라고 있는 것에 대한 이미지.

당신이 지금 가장 하고 싶은 것은 무엇입니까?

만약 '새' 라고 대답한다면 당신은 틀림없이 현재 어떤 것에 굉장히 속박 당하고 있어서(그것은 일 때문에 시간을 속박 당하는 것일 수도 있고, 당신의 연인 때문일 수도 있습니다) 좀 더 자유로워지고 싶다, 내 마음껏 살아가고 싶다고 생각하는 것입니다.

그리고 '코끼리' 라고 답한다면 코끼리처럼 한가롭게 인생을 보내고 싶은 것일지도 모르고, 또 어쩌면 누군가를 짓밟아 버리고 싶다고 생각하는 것일지도 모릅니다.

자신의 답을 잘 관찰해서 과연 무엇을 하고 싶은 것인지, 어떻게 하면 그렇게 할 수 있을지를 생각해 보기 바랍니다.

[A2] 어느 정도의 먹이를 주는가? → 당신이 지금 가지고 있는 힘.

당신의 힘, 정력을 나타내고 있습니다.

먹이를 잘 먹는 애완동물(하루에 수차례나 먹이를 줘야 할 정도로)이라면 당신의 힘도 충분히 충전되어 있다는 것입니다.

애완동물이 바로 당신 자신인데, 잘 먹는 동물이 힘에 넘쳐나는 것은 당연한 일이겠고, 또한 먹이를 자주 주어야 한다는 번거로움도 있습니다. 먹이를 주는 것도 당신 자신이기 때문에, 이 테스트에는 두 개의 상징이 숨겨져 있는 것입니다.

'뱀이기 때문에 1개월에 한 번' 이라고 대답하는 사람은 파워가 상당히 부족한 사람이라고 할 수 있습니다.

그러나 먹이를 많이 먹지는 않지만 '먹이를 주는 것은 귀찮지만, 바로 배가 고파져서 먹이를 조른다' 고 답한 사람은 크게 걱정할 것이 없습니다. 당신의 마음속에서 파워를 원하고 있기 때문에 이대로는 안 된다고 필사적으로 호소하고 있기 때문입니다. 이런 사실을 알게 된 이상 우물쭈물해서는 안 됩니다. 파워를 충분히 길러서 당신이 하고 싶은 일들을 맘껏 할 수 있게 되기를 바랍니다.

[A3] 그 애완동물은 당신의 말을 잘 듣는가? → 지금 현재 당신의 상황.

현재의 당신의 상황을 보여주고 있습니다. 당신이 제대로 힘을 발휘하고 있으며, 그것이 세상으로부터 합당한 평가를 얻고 있는지도 알 수 있습니다.

당신이 현재 일에서나 생활에 있어서나 순풍에 돛을 단 것처럼 나아가고 있다면 당신의 애완동물도 역시 당신의 말을 잘 들을 것입니다.

반대로 거칠어서 어떻게 손을 쓸 수 없는 상황이라면 그건 그대로 당신의 마음속을 보여주고 있습니다. 자신이 하고 있는 일이 잘 풀리지 않거나, 생각했던 것만큼 주위로부터 인정받지 못하거나, 상당히 초조해하고 있는 당신의 마음이 애완동물의 태도로써 표출되는 것입니다. 너무 조급하게 굴지 말고, 어떻게 해야 좋을지를 차근차근 생각해 보기 바랍니다.

혹시 무엇이든 기를 수 있다는 말에, 도저히 이 세상의 동물이라고는 생각되지 않는 '도깨비' 같은 동물을 상상한 경우는 없을까요? 이것은 좋은 쪽으로 해석하자면, 보통사람들은 이해할 수 없는 예술가와 같은 재능을 지니고 있는 것이라고 할 수 있습니다.

이성과 숲속에서

[Q1] 당신은 이성과 함께 숲속으로 들어가고 있습니다. 이성은 몇 사람입
니까?

[Q2] 드디어 첫발을 내딛으려 하고 있습니다. 서로에게 어떤 말을 하겠습
니까?

[Q3] 그 숲의 넓이는 얼마나 됩니까?

숲은 당신의 은밀한 마음을 나타냅니다. 그것도 조금은 야한 마음을 말입니다. 숲속에 숨겨 있는 것은 당신의 섹스에 대한 은밀한 마음입니다.

'숲'이라는, 왠지 흙냄새가 날 것 같은 생생함은 당신의 가장 생생한 부분, 즉 '성'을 상징하고 있습니다.

숲이 지닌 어두컴컴한 이미지와 금방이라도 무슨 일이 일어날 것 같은 미지에 대한 기분이, '떠들어 댈 일은 아니지만' 섹스에 대한 당신의 은밀한 기분을 반영하게 하는 것입니다.

[A1] 몇 명의 이성과 함께 있나? → 한 번에 섹스를 하고 싶은 이성의 수.

이것은 당신의 입이 찢어지는 한이 있더라도 밝힐 수 없는 당신의 소망입니다. '한 번에 열 명과 섹스를 하고 싶다'는 말은 함부로 할 수 있는 말이 아닙니다.

당신이 여성이라면 숲에 들어가야 한다는 공포심이, 남성이라면 지켜야 한다는 기분이 당신에게 그런 숫자의 이성을 말하게 한 것입니다.

[A2] 서로에게 어떤 말을 하겠는가? → 섹스 전에 하는 말.

당신은 섹스를 하기 전에 어떤 행동을 하고 어떤 말을 하는지 묻고 있습니다.

얼굴을 마주보고 말없이 고개를 끄덕이는 사람도 있을 것이고, 공포심을 몰아내기 위해 일부러 크고 밝은 소리를 내는 사람도 있을 것입니다.

'일부러 큰소리를 내겠다'는 사람은 어느 정도 섹스에 대한 수줍음을 가지고 있는 것임에 틀림없습니다. 어쨌든 그 어색한 듯한, 수줍은 듯한 분위기를 감추기 위해서 그런 행동을 취하는 것입니다.

'무서우면 바로 돌아오자'는 말은, 뭔가 새로운 기술에 도전했다가 '기분이 별로거나 아프면 바로 그만두자'는 당신의 배려를 나타냅니다.

[A3] 숲의 넓이는 얼마나 되나? → 당신의 쾌감도.

당신이 상상하고 있는 숲의 넓이입니다.

숲이라는 것 자체가 섹스를 상징하고 있는 것이니, 어느 정도의 넓이인지를 생각한다는 것에는 당신이 어느 정도나 쾌감을 추구하고 있는지를 나타내게 됩니다.

'끝도 없이 펼쳐져 있어서 그 넓이가 얼마나 되는지 알 수 없다'고 말한 사람은 섹스를 통해서 얻을 수 있는 모든 쾌감을 추구하고 있는 사람입니다.

폭신한 구름 위에서

[Q1] 당신은 구름 위를 걷고 있습니다. 지금 어떤 기분입니까?

[Q2] 당신이 천국으로 향한 계단을 오르고 있습니다. 지금의 기분은 어떻습니까?

[Q3] 앗, 계단이 무너질 것 같습니다. 어떻게 하시겠습니까?

[Q4] 결국 계단이 무너져 산산조각이 났습니다. 어떤 생각이 듭니까?

'구름 위'라는 설정은 당신이 일상의 번거로움으로부터 완전히 해방된 몽롱한 꿈의 세계를 상징합니다.

그렇다면 우리가 손쉽게 그런 즐거움을 맛볼 수 있을 때란 어떤 때를 말하는 것일까요?

답은 술을 마셨을 때일 것입니다.

안 좋은 일들을 모두 잊고 즐거움에 취해 한때를 보낼 수 있는 시간…… 안타깝게도 당신의 뇌리 속에는 술 마셨을 때의 모습이 바로 떠오릅니다.

[A1] 구름 위를 걷고 있을 때의 기분은? → 적당량의 술을 마시고 취한 당신.

얼큰하게 취해 기분이 좋아졌습니다.

맥주 한 잔으로 그런 기분에 빠질 수도 있고, 위스키 반병쯤을 마셔야만 그런 기분이 드는 사람도 있으니, 어디까지나 당신 스스로가 기분 좋게 취할 정도의 술을 마셨을 때의 모습입니다. 조금 흥분된 기분을 느끼는지, 뒷일을 생각해서 위험하다며 주의를 하게 되는지는 사람마다 다릅니다. 설마 이 단계에서 벌써 어떻게 손을 써 볼 수 없는 상태로 난동을 부리는 건 아니겠죠?

[A2] 천국으로 향한 계단을 오를 때의 당신의 기분은? → 계속해서 술을

마실 때의 기분.

좀 더 멋진 곳으로 가야겠다고 생각할 때의 당신의 기분입니다.

천국에서 무엇이 기다리고 있는지도 모른 채 설레는 마음으로 오르는지, 아니면 무엇이 기다리고 있는지도 모르는 곳으로 가는 것은 두렵다는, 조금은 조심스런 마음으로 오르는지에 적당량을 넘어섰을 때의 당신의 기분을 나타냅니다.

[A3] 계단이 무너질 것 같다. 어떻게 하겠는가? → 속이 안 좋을 때의 대처.

이미 한계까지 왔다고 생각될 때의 당신의 대처 방법입니다.

'거리낄 것 없이 계단을 오른다'고 하는 사람은 '부어라, 마셔라!' 하며 정신없이 술을 마셔 대는 사람일 것입니다.

'발걸음을 돌린다. 하지만 잘 생각해 봐서 괜찮을 것 같아 다시 오른다'고 말하는 사람은, 경계는 하고 있지만 술에 대한 유혹은 도저히 뿌리치지 못하는 모습을 보입니다. 혹여 천국에 오를지도 모르는 일이니, 여기까지 와서 발걸음을 돌리는 사람은 그리 많지 않을 것입니다.

살아간다는 것은 참으로 괴로운 일임에 틀림없습니다.

[A4] 무너진 계단을 보고 어떤 생각을? → 자신이 토해 놓은 것을 보고 드는 생각.

엉망이 되어 버린 뒤 어떤 느낌이 드는지를 묻고 있습니다. 이 때 '엉망이 되어 버린 것'은 자신이 토해 놓은 것을 가리킵니다.

더 이상 천국으로 오를 수 없다는 것은 곤드레만드레 취한 당신의 마음이며, 제아무리 취해서 즐거운 시간을 보냈다 할지라도 몽땅 토해 버리면 남는 것은 괴로움뿐입니다. '적당히 마시고 그만뒀어야 했는데'라고 생각해 봐야 소용없는 일입니다.

술을 마실 때는 조심하는 것이 좋을 것입니다.

즐거운 일요일

[Q] 오늘은 일요일, 당신은 지금 무엇을 하고 있습니까?

[A] 당신 기분이 우울할 때 하는 것.

날씨 좋고 나른한 일요일. 당신은 무얼 하겠습니까?

이렇게 한가한 시간에 당신이 문득 떠올리는 것, 그것은 당신이 가장 편안한 마음을 느낄 수 있는 일입니다.

편안해지고 마음이 비어 버릴 것 같은 그런 행동을 취한 사람이 많지 않을까요?

답은 '우울한 기분에 빠졌을 때 하는 일'이니, 반대로 '자신을 잊기 위해서(좋지 않은 일을 잊기 위해서)' 하는 일이 아닐까라고 생각할지도 모르겠습니다.

하지만 잊는 것만으로는 충분하지 않다고 생각지 않으십니까?

전혀 뜻밖의 일이 계기가 되어 다시 떠올리게 될지도 모르고, 그렇게 되면 틀림없이 다시 우울증을 느끼게 될 것입니다. 이때 필요한 행동은 무엇보다도 자기 자신을 되찾는 것이겠지요.

자신의 아이덴티티를 잘 관찰해서 냉정해질 필요가 있습니다. 그리고 우선은 자기 마음이 가장 편안해지는 행동을 취하는 것입니다.

당신의 마음이 가장 편안해지는 행동은 어떤 행동입니까? 드라이브를 하거나 운동을 하는 것과 같은 활동적인 것?

그렇다면 당신은 상당히 공격적인 타입. 언제나 무엇인가와 경쟁을 하고 있지 않으면 불안감을 느끼게 될 것입니다.

당신 자신은 정력적으로 움직이고 있지만, 주위 사람들 모두 당신처럼 움직일 수 있는 것은 아닙니다. 주위 사람들에게 피해를 주지 않도록 주의하기 바랍니다.

　　방 청소를 하는 것과 같이 안에 갇힌 듯이 일을 한다고 대답하는 사람은 가족이나 동료들 사이에서 편안함을 느끼는 사람입니다. 하지만 전혀 모르는 사람들 속에 내버려 두면 갑자기 낯을 가리기 시작합니다. 언제나 내부에 '자신' 이라는 것이 존재하기 때문에 좀처럼 사교적인 태도를 취하지 않는 타입입니다.

　　다음에는 학교나 직장 등을 청소하겠다는 둥, 당신 자신을 밖으로 향하게 하는 대답을 할 수 있게 된다면 당신의 그 낯가림도 고칠 수 있게 될 것입니다.

당신의 바다

[Q1] 당신은 바다입니다. 어떤 바다입니까?

[Q2] 파도를 일으킵니다. 어떤 파도입니까?

[Q3] 그 파도에 흔들리고 있는 배가 한 척 있습니다. 어떤 배입니까? 또
흔들림은 어느 정도입니까?

[Q4] 그 배에 이성이 한 명 타고 있습니다. 누구입니까?

[Q5] 그런 파도를 일으키고 있는 당신(바다)을 보고 배는 어떤 말을 합니
까?

바다는 생명의 근원이자 성의 상징입니다. 특히 여성을 상징합니다. 가장 원시적이고 가장 중요한 것을 나타냅니다.

인간의 생명이 시작되는 곳은 양수 속. 양수는 바다를 말합니다. 그리고 바다의 흔들림, 파도는 섹스를 나타냅니다. 그것으로 인해 모든 생물의 생명이 탄생하는 것입니다.

[A1] 어떤 바다? → 당신의 섹스관.

말 그대로 당신의 성에 대한 이미지와 섹스관을 나타냅니다. 원시의 상징인 바다가 되는 것에 당신의 성에 대한 견해가 반영되는 것입니다. '깊고 조용하며 물결도 잔잔한 바다' 라고 대답한다면, 당신은 성에 대해서 조용한 생명의 시작을 느끼고 있는 것입니다. 그리고 섹스를 한다는 것에 '깊은 존경' 까지 품고 있습니다.

'집채만한 파도를 쉴 새 없이 일으키는 거친 바다' 라고 대답하는 사람은 성에 대해서 육체와 육체가 부딪치는 거친 이미지를 가지고 있는 사람입니다. 또 '신의 분노를 산 것 같은' 이라는 시적인 표현을 붙이는 사람은 '신의 노여움을 살만한' 섹스를 하고 있다고 보여집니다.

[A2] 어떤 파도? → 실제로 당신이 하는 섹스.

236

보다 구체적으로 당신이 어떤 섹스를 하는가를 설명합니다.

파도는 당신 자신의 흥분을 상징하는 것입니다.

[1]에서 제아무리 '깊고 조용한 바다'라고 말했다 할지라도 여기서는 어마어마한 해일을 상상할 수도 있습니다. 그렇다면 당신은 전력을 다해 격렬한 섹스를 즐기는 사람일 것입니다.

'물결과도 같은 작은 파도'라고 대답하는 사람은 행동에 별로 변함이 없는 사람입니다. 자신에 대해서 잘 생각해 보길…….

[A3] 파도에 흔들리고 있는 배는? → 당신의 연인, 섹스 파트너.

여기서 배는 성의 파도에 휩싸여 있는 당신의 연인이나 혹은 섹스 파트너입니다. 어느 정도의 파도까지 견딜 수 있는가 하는 것을 상상함으로써 당신과 연인과의 성애가 얼마나 격렬한지를 알 수 있습니다.

여기서는 [2]의 파도의 크기를 고려해서 답을 생각해 보기 바랍니다. '배는 크고 훌륭하며, 파도는 작은 것'이라고 대답했다면 남성 우위의 관계입니다. 반대로 '배는 일엽편주', 커다란 파도가 닥치면 바로 뒤집어져 버릴 것 같은 배를 상상했다면 여성 우위라고 말할 수 있을 것입니다.

[A4] 배에 타고 있는 이성은 누구? → 지금 가장 섹스하고 싶은 사람.

'배에 탄 이성'이란 지금 당신이 가장 흔들어 보고 싶은 사람을 의미합니다. 당신이 일으키는 파도 때문에 배 위에서 흔들리고 있는 사람은 누구입니까?

그게 누구든 당신이 지금 가장 흥미를 갖고 있는 사람임에 틀림 없습니다. 설사 미워하고 있는 사람이라 할지라도 '그래도 이런 사람과 섹스를 하면 어떤 느낌일까?' 라고 당신은 늘 생각하고 있 는 것입니다. 이것은 당신의 소망 그 자체라고 할 수 있으니 부정 할 수는 없을 것입니다.

[A5] 배가 뭐라고 말했는가? → 배가 당신의 섹스를 어떻게 생각하고 있 는가?

이것은 당신의 파트너에게서 들은 말입니다.

배는 연인. 그 연인이 당신과의 섹스에서, 당신의 섹스 스타일 에 대해서 한 말이 반영되어 있습니다.

어떤 말을 넣겠습니까?

다음에 해당한다고 생각되는 말을 넣어 주십시오.

[Q1] 사람은 ○○○○○이었다.

[Q2] 사람은 ○○○○○입니다.

[Q3] 사람은 ○○○○○일 것이다.

이것은 당신의 과거·현재·미래를 나타내는 문장입니다.

[A1] 나는 예전에 ○○○○○이었다.

[A2] 나는 지금 ○○○○○입니다.

[A3] 나는 미래에 ○○○○○일 것이다.

이것은 당신의 본심을 매우 진솔하게 들어볼 수 있는 테스트입니다.

당신은 문장의 말미에 붙어 있는 ○○○○○에 과거, 현재, 미래 중에서 가장 마음에 걸리는 것을 적게 됩니다.

문장의 앞부분에 '사람은……' 이라는 말이 붙어 있기 때문에 매우 객관적이고 냉정하게 본 당신의 마음을 이끌어낼 수가 있습니다.

당신 주변에 있는, 가장 친근하고 가장 잘 알고 있는 사람은 과연 누구일까요?

그렇습니다. 답은 바로 당신 자신입니다. 당신에게 가장 친근한 사람은 바로 당신입니다.

이것은 누구에게나 해당되는 당연한 사실이지만, 이렇게 테스트라는 형식으로 물어보면 의외로 잘 깨닫지 못하는 법입니다.

심지어는 당신 마음이 당신 자신에 대해서 어떻게 생각하고 있는지조차도 모르고 있습니다. 바로 그렇기 때문에 '심리학' 이라는 것이 존재하고 있는 것일 테니까요.

　'사람이 싫었다', '사람은 거짓말쟁이다', '사람은 죽을 것이다' 이런 식으로 대답한 사람, 당신은 인간에 대해서 커다란 불신감을 품고 있습니다.

　단지 불신감을 품고 있다는 사실뿐이라면 ○○○○○에 들어간 말만으로도 알 수 있지만, 이 테스트를 통해서 살펴본 것은 당신은 예전에 당신 자신을 매우 싫어했다는 사실입니다. 어쩌면 매우 심약했고, 그런 자신을 느낄 때마다 이대로는 안 된다며 나름대로 노력을 해온 것일지도 모릅니다. 그런데 노력을 한 결과 '거짓말쟁이' 가 되었다. 이제 예전처럼 열등감에 시달릴 일은 없어졌지만, '거짓말쟁이' 인 나를 도무지 좋아할 수가 없다고 생각하고 있는 것입니다. 완벽한 악인이 되지 못했기 때문에 양심의 가책에 시달리고 있는 듯합니다.

　그리고 자신의 미래를 죽을 만큼 걱정하고 있습니다. 이러다 언젠가 망해 버리고 마는 것이 아닐까, 이러다가 천벌을 받아 비참한 꼴을 당하게 되는 것은 아닐까 하고 상당한 절망감을 느끼고 있습니다.

　하지만 마지막 답은 당신의 미래를 나타내는 것이니 그렇게 걱정하지 않아도 됩니다. 심약했던 예전의 당신을 현재처럼 바꿔

왔던 것처럼, 앞으로 당신도 틀림없이 바꿔 나갈 수 있을 것입니다. 절망보다는 밝은 미래를 위해 노력하는 것이 필요합니다.

　당신의 과거와 현재와 미래…….
　미래는 지금부터 바꿀 수 있습니다. 그리고 최선을 다한다면 틀림없이 '현재'도 보다 나은 모습이 되어 있을 것입니다. 설마 그게 아니라면 당신은 지금의 답에 만족한다는 뜻일 테니까요.

에펠탑에서

[Q] 당신은 파리를 여행 중입니다. 지금 에펠탑을 오르고 있습니다. 당신은 지금 에펠탑 어디에 있습니까?

[A]　당신의 몸 중에서 자신 있는 곳.

에펠탑 등과 같이 삼각형을 하고 있는 것은 인간의 몸을 상징합니다. 머리를 정점으로 하여 양다리로 버티고 서 있는 인간의 모습은 마치 에펠탑처럼 이등변 삼각형입니다.

당신은 무의식중에 자신의 몸을 이 탑에 이입시켜 당신이 가장 안심할 수 있는 장소, 즉 가장 자신 있다고 생각하는 장소까지 올라가려고 하는 것입니다.

당신 스스로 이 에펠탑에 사람의 몸을 그려 넣어 보십시오. 당신이 자신의 몸 중에서 어디에 자신감을 가지고 있는지 분명하게 알 수 있습니다.

혹시 중간에 멈춰 서서 경치를 바라본 장소가 있다면 거기에도 표시를 해 두기 바랍니다. 그곳은 두 번째, 세 번째로 당신이 자신 있다고 생각하는 곳이니까요.

단, 이 테스트에서는 그곳을 통과해 버렸으니 '옛날에 자신이 있다고 생각했던 곳'이 될지도 모르겠지만.

한 가지 더 생각해 보십시오. 당신은 지금 그 장소에서 어떤 생각을 하고 계십니까? 좀 더 위쪽, 가능하면 정상까지 올라가야겠다고 생각하고 있습니까?

'무슨 일이 있어도 정상까지 가겠다'고 생각한 사람은 상당한 자신감을 갖고 있는 사람이거나, 완벽주의자라고 할 수 있습니다.

단지 '꼭대기'라고 하면 그것은 '머리'가 되겠지만, 정상이 상징하고 있는 것은 당신의 두뇌입니다. 당신은 좀 더 자신감을 가져야 한다고 생각하고 있으며, 스스로 그것이 가능하다고 의욕에 넘쳐 있습니다.

사람 중에는 의외로 자부심이 강한 사람이 많기 때문에, 별 생각 없다고 대답한 사람도 많을 것입니다. 하지만 의욕이 없으면 진보도 없는 법이니 지나치지만 않다면 손해 볼 것은 없습니다.

'간신히 여기까지 왔다. 아직 많이 남았지만 힘을 내서 오르자'고 대답한 사람은 말 그대로 힘을 내기 바랍니다.

여행지에서의 산책

[Q1] 여행을 떠난 당신, 호텔에서 하룻밤을 묵은 뒤 이튿날 아침에 호텔
주변을 산책하러 나갔습니다. 당신은 지금 산책 중인데, 산책 코스의
어떤 부근을 걷고 있습니까?

[Q2] 산책을 하면서 가장 인상적이었던 일을 한 가지 생각해 보십시오.

[Q3] 산책 도중, 몇 살 정도의 사람과 가장 많이 만났습니까?

누구나 여행지에서는 몸과 마음이 편안한 상태에서 여러 가지 것들을 즐깁니다.

평소와 다른 풍경 속에 있다 보면 사소하고 작은 일에도 감격을 하게 됩니다. 왜냐하면 당신이 매우 무방비한 상태로, 마음을 해방시켜 놓았기 때문입니다.

일상생활의 여러 장면 속에서 우리는 긴장된 마음으로 살아가고 있는 것입니다. 예를 들어 집에서 뒹굴뒹굴 하고 있을 때조차도 일에 대해서 생각하거나, 어떤 우울한 일들을 떠올릴 뿐만 아니라 마음속으로도 스트레스를 느끼고 있는 것입니다.

당신이 이 테스트의 상황 설정을 통해서 얻게 되는 것은 그런 스트레스를 조금도 느끼지 않는 백지와도 같은 마음 상태입니다. 마음을 백지로 되돌림으로써 거짓 없는 당신의 본심을 반영할 수 있는 것입니다.

[A1] 지금 걷고 있는 것은 어느 부근? → 당신이 느끼고 있는 당신의 현재의 인생 과정.

산책길이 나타내고 있는 것은 당신의 인생 그 자체입니다. 당신이, 지금 자신이 있는 장소가 어디라고 생각하고 있는지, 자신은 대체 어디쯤에 있다고 생각하는지가 관건입니다.

'지금 막 산책을 나섰다'고 말한다면 당신은 '인생은 지금부터다'라고 생각하고 있는 것입니다. 이것은 상당히 낙관적이고 긍정적인 태도라고 할 수 있습니다. 설사 조그만 실수를 한다 해도 '이 정도 갖고 풀이 죽는다면 남은 인생을 어떻게 살아가겠어'라고 생각하는 사람입니다.

반대로 '돌아가는 중, 호텔을 향해 가고 있는 중'이라고 대답한 사람은 인생에 대해서 조금은 소극적인 자세를 취하고 있습니다. 만약 당신이 10대나 20대라면 이런 기분에 빠지기에는 아직 이른 듯합니다. '시간도 아직 이르니 한 바퀴 더 돌아보겠다'는 마음으로 임하는 것이 필요합니다.

[A2] 인상적이었던 일은? → 지금 가장 힘들다고 생각하는 일.

이것은 당신이 현재 가장 신경 쓰고 있는 일을 나타냅니다.

여행이라는 해방된 장면 속에서조차 머리에 떠오르는 일이라면, 그것은 당신의 마음을 매우 무겁게 짓누르고 있는 일입니다.

'아주 멋진 사람이 스쳐 지나갔다'고 대답한 사람은 연애문제로 고민을 하고 있을지도 모릅니다.

'빠른 속도로 자동차가 지나갔다'고 대답한 사람은, 가까운 곳에 당신의 라이벌이 있고 그 사람이 맹렬한 속도로 당신을 따라잡았다고 느끼고 있는 것입니다. 늘 '따라잡힌다'는 강박관념이 당신 속에 있기 때문에 '당신을 앞질러 가는 자동차'를 상상하는 것입니다.

[A3] 몇 살 정도의 사람을 만났나? → 당신이 빨리 다다르고 싶은, 혹은
    되돌아가고 싶은 나이.

이것은 당신의 자아발달을 대답하게 하는 문제입니다. 당신이
만난 사람은 당신의 본심이라고도 할 수 있는 당신 자신의 모습
입니다.

현재의 자신보다 젊은 사람을 만난 사람은 '제너레이션 핸디
캡'을 짊어지고 있는 사람입니다. 자신이 되돌아가고 싶다는 그
나이로 되돌아가서 무언가 하고 싶은 일이 있는 것일지도 모릅니
다. 자신보다 나이 많은 사람을 상상하는 사람은 빨리 그 나이가
되어 보고 싶다는 것이지만, 한편으로는 그 나이의 자신에게 불
안감을 느끼고 있는 사람입니다.

자아의 발달에 있어서 과거로 되돌아가고 싶다고 생각하는지,
성장하고 싶다고 생각하는지는 당신 자신의 성장 과정과 관계되
는 일입니다.

하지만 단순히 젊은 시절을 그리워하는 것뿐이라면 그다지 현
명한 행동이라고는 말할 수 없을 것입니다.

글을 끝맺으며

여러 가지 상황을 설정하여 즐긴 심리 테스트, 어땠습니까?

스스로도 모르고 있었던 '또 하나의 나', 연인이나 친구의 생각지도 못했던 또 다른 면을 들여다보고 놀란 사람도 적지 않았을 것입니다.

아니면 자신이 생각하고 있던 그대로의 진단 결과가 도출되어, 그 결과를 다른 사람에게도 보여주고 싶다는 생각을 하셨습니까?

우리가 인생을 살아가다 보면 때로는 자기 자신의 마음을 알 수 없을 때, 상대방의 본심을 읽을 수가 없어 괴로울 때가 있게 마련입니다.

그럴 때 이 책을 펼쳐 보기 바랍니다. 읽을 때마다 새로운 발견이나 현상을 타개할 만한 힌트를 얻게 될 수 있을 것입니다.

이 테스트가 계기가 되어 당신의 인간관계가 좀 더 풍성해지기를 희망합니다.

내 남자의 이상형은?

_____

_____

_____

_____

_____

_____

_____

_____

_____

_____

_____

_____

_____

_____

_____

_____

_____

_____

_____

내 여자의 이상형은?

사랑하는 사람의 눈물을 마셔보지 않고
진정 사랑했노라 말하지 말라

MEMO

옮긴이 박현석

국문학을 전공하고 일본으로 건너가 유학 및 직장생활을 하다 지금은 전문 번역가로 활동 중이며 우리나라에 아직 소개되지 않은 일본 유명 작가들의 작품을 소개하기 위해 출판을 시작했다. 번역서로는 '점점 멀어지는 당신', '일본 대표선 작가 대표 작품', '묵동기담', '청춘의 착란', '엄마는 저격수', '오다 노부나가' 등 다수가 있다.

연애 심리 테스트

2020년 08월 05일 개정1판 1쇄 인쇄
2020년 08월 10일 개정1판 1쇄 펴냄

지은이 ㅣ 사이토 이사무
옮긴이 ㅣ 박현석

기　획 ㅣ 김민호
표지 디자인 ㅣ Paco
디자인 ㅣ 한연재
일러스트 ㅣ 이오쿤
발행인 ㅣ 김정재

펴낸곳 ㅣ 뜻이있는사람들
등록 ㅣ 제2016-000020호.(2004년 3월 30일)
주소 ㅣ 경기도 고양시 덕양구 지도로 92. 55 다동 201호
전화 ㅣ (031) 914-6147
팩스 ㅣ (031) 914-6148
이메일 ㅣ naraeyearim@naver.com

ISBN 978-89-90629-55-5 03810
ⓒ뜻이 있는 사람들